KEITAI SHOUSETSU BUNKO SINCE 2009
野いちご

強引なイケメンに、
なぜか独り占めされています。

言ノ葉リン

JN167615

○ STARTS
スターツ出版株式会社

イラスト/月居ちよこ

「可愛い顔すんなよ、お前のクセに」
きみだけは好きにならないと誓います——蜷深仁菜
「コイツ、俺のだから触らないでくれる？」
顔は極上にカッコいいって騒がれているけど
昔から私にだけ意地悪ばかりしてくる
"絶対君主の大魔王"——桐生秋十
世界で一番大嫌いなきみに振り回されてばかりの日々
「俺のことばっかり考えて困ってれば？」
そんな台詞を言ってきて邪魔する
きみの企みはなんですか？
「ヤバ……。俺、余裕なさすぎだろ」
そんな顔をされても
「お前の声が聞きたいんだから、しょうがないだろ？」
どんな言葉を言われたって
「いくら嫌われても、俺はずっとお前に触れたかったよ」
私は絶対に、きみだけは無理
そう思っていたのに……

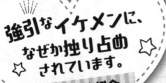

登場人物紹介

蜷深 仁菜 (になみ にいな)

天敵の秋十に振り回されている高校2年生。恋愛には鈍感だが、芯の強い一面も。

富樫 日和 (とがし ひより)

仁菜のクラスメイトで、小学生からの親友。毒舌だけど、人一倍仁菜のことが好き。

桐生 秋十（きりゅう あきと）

仁菜にだけ意地悪してくる、超イケメンのクラスメイト。なんだかんだいつも仁菜を助ける。

滝澤 晴（たきざわ はる）

秋十といつも一緒にいる、無口で不愛想なクラスメイト。日和の幼馴染みでもある。

結城 颯太（ゆうき はやた）

仁菜が仲良くできる唯一の男友達。チャラそうに見えて真っ直ぐな性格。

☆ contents

Chapter 1
告白現場は危険な場所です	10
意地悪なきみは恋愛対象外	21
絶対君主の大魔王！	38

Chapter 2
席替えと近づく距離	60
お前の声が聞きたくて	78
意地っ張りにお誘い	96
邪魔するきみが優しくて	109

Chapter 3
キスという名の宣戦布告	126
きみは誰より特別だから	143
波乱と恋の臨海学習	162
彼の守りたい人	177
ふたりだけの秘密	188

Chapter 4
それは真っ直ぐな想い	208
本当のきみを見つけた	218
やっぱり、きみはヒーロー	233
きみの声が聞きたくて仕方ない	251

あとがき	264

Chapter 1

告白現場は危険な場所です

――人には誰しも、2つの顔があるらしい

昼休みの誰もいない北校舎裏……。

私は肩まで伸びた栗色の髪を手でさっと直す。

そして、キョロキョロしながら辺りを見回して、ある人の姿を探していた。

ある人とは、全校生徒の憧れの的である生徒会長――堤先輩だ。

実は私……高校2年生になった蜷深仁菜は、登校中、話したいことがあるから、と堤先輩に呼び出されたのだ。

声をかけられたときの驚きは尋常じゃない……!!

返事をするまで、しばらく思考が停止していたと思う。

首席で入学した堤先輩は、頭脳明晰でこの学校の生徒会長。

おまけに誰が見ても顔もカッコいいし、爽やかなことで有名。

そんな堤先輩が、私なんかにいったいどんな話があるんだろう……。

授業中もそのことばかり考えていて、ほとんど上の空だった。

こんなところに呼び出すって、みんなの前ではできない話ってことだよね……?

それって、まさか……告白!?
　図々しくもそんなことを考えちゃう自分がいて、バカだなぁって思いながらも、どこかで少し期待してしまう。
　もし……もしも、だけど、堤先輩が彼氏になったら……。
　ん——、やっぱり想像つかない！
　付き合うって、どういうことなんだろう。
　誰かを好きになるって、私にはまだわからない。
　けど、私には彼氏をつくりたい重要な理由がある……！
　それも、今年の夏休みまでに……!!
　明日からもう６月だから、あと約２ヶ月もないのだ！
　カサッ……。
　ひとり立ち尽くしていたその時、草を踏むような音が背後から聞こえて肩がビクリとする。
　堤先輩……だったりして!?
　私は勢いよく振り返った。
「ごめんね、待たせちゃったかな？」
「……っ、つ、堤先輩!!!!」
　声が裏返りそうになった。
　本当に堤先輩がいるんだもん……。
「あはっ。そんな驚かないでよ」
　白い歯を見せて笑う堤先輩に、私は目をキョロキョロさせる。
　ほんと、爽やかな笑顔だなぁ。
　そんな顔を近くで見せられたら心臓に悪いよ……。
「ニーナちゃん、だよね？」

「え、そうですけど……」
「よかった！　合ってたー！　たまに女の子の名前間違えるんだよね、オレ。だから今、間違えてたらどうしようかと思ったからさ？」
　いや、間違えてはないけど……わざわざここに呼び出した相手の名前を、今確認するかな……？
　なんだろう、少しもやっとする。
「いきなり呼び出したのに来てくれてありがとね、ニーナちゃん」
「いえ……」
「みんながいるところでできる話じゃないから」
「あのっ、堤先輩……それで私に、話っていうのは……」
　授業中もずっと気になっていた私は、自分から切り出した。
「うん。ニーナちゃんさ、オレと付き合わない？」
　え……？
　なんのためらいもなく返ってきた堤先輩の言葉に、私は固まった。
　付き合わない？
　……って、今確かにそう言ったよね？
　え——？
「……っ、堤先輩あの……‼︎　そ、それって……」
「告白？　かなぁ？　あはっ。ニーナちゃん驚きすぎだから」
　面白いものでも見たかのように、堤先輩が笑う。

告白かなって……!!　この人、なんか軽くない……？
　曖昧な言い方も、すごく引っかかる。
　そして私のもやもやはさらに大きくなっていく。
「でも私、その……堤先輩と話したことも、ほとんどないですし……」
　ちゃんとこうやって顔を見て話したのは、これが初めて……。
　廊下ですれ違うときに挨拶をすることはあったけれど、それも数える程度だし……。
　堤先輩もそれは同じはずだ。
「まぁ確かに話したことないかもね。でも、これから話していけばよくない？」
「いやでも……。堤先輩はどうして私なんですか？」
　一番気になるのはそれだ……。
　だってこれって一応、告白っていうものなわけで。
　私にはまだよくわからないけれど、相手のことを好きになって、その気持ちが大きくなっていって、想いを伝えたくなって……。
　そういう貴重なものだと思う。
　私と堤先輩は、お互いにちゃんと話したこともないのに。
「ん——？　どうしてって言われると、そうだなぁ……」
　うーん、と考える素振りを見せたと思ったら、堤先輩はすぐに口を開いた。
「顔かな」
「へ……？」

「うん、顔だね。ニーナちゃんって顔は可愛いじゃん。3年の間でも、あの子、顔可愛くない？って話になったこともあったし。オレって可愛い子の顔は忘れないからさ」
　いや、ちょ、ちょっと待ってよ……！
　顔って……。
　確かに過去に何度か、黙ってれば可愛いんじゃない？とか言われたことはあるけど、全然嬉しくない!!
「それに、前に彼氏ほしいなって言ってるの偶然聞こえたんだよね」
「あ……」
　それは否定できない。
　彼氏ほしいなって話をしていたことは事実だし……。
　まさか、それを聞かれていたなんて。
「ね？　彼氏ほしいんなら、オレと付き合えばいいでしょ？」
「うっ……」
「ダメなの？」
「……あの」
「他に気になることでもあるの？　あ、もしかして彼女のこと？」
　は……？　彼女……？
「そのことなら気にしないでいいよ。そろそろ別れようかなって思ってたとこだったし、ニーナちゃんさえオッケーしてくれれば、すぐにでも別れるから安心して？」
　待って待って……!!!

予想の斜め上をいきすぎなんですけど!!!
彼女いるのに私に付き合おうって言ってきたわけ!?
それってもう二股ってやつなんじゃないの……!?
どうしよう、言葉がスムーズに出てこない……。
　好感度ナンバーワンの、生徒会長のあの堤先輩がこんな人だなんて思わなかった……。
　イメージが崩れ去って、すごいショック……。
　のこのこやって来た張本人は、もちろん私だけどさ……！
「ねぇ、オレと付き合おうよ？」
　まさか告白……なんてさっきまでは淡い期待を抱いていたけど、堤先輩がこんな人だったなんて知った今となっては、ちゃんと断らなきゃ……。
「ごめんなさい……!!!」
「えっ？」
「私、堤先輩とは付き合えません……！」
「だから彼女のことならちゃんと別れ……」
「違います……！　私は堤先輩のこと、好きにはなれません……好きじゃない人と……私は付き合うことは、できないです……」
　夏休みまでに彼氏がほしい理由はある。
　だけど、誰でもいいわけじゃない。
　ちゃんと誰かのことを好きになって恋をして、その人と付き合いたいもん……。
　もう一度、謝罪の言葉を口にして私は頭をさげる。
「……生意気な子だな」

「え……？」
　頭上から降ってきた声はさっきよりも低くて冷たい。
「オレが付き合ってあげるって言ってんのに断るんだ？」
「堤先輩……？」
　さっきと雰囲気がまるで違う。
　爽やかな笑顔なんてもうどこにもなくて、今目の前にいる堤先輩はとても冷たい瞳をしている。
「オレも本気で付き合ってくれなんて思ってないし？　めんどくさいじゃん。ただ、今の彼女に飽きてきたなーって。だから遊び相手がほしかっただけで。オレが本気で告白しにきたとでも思ってんの？」
「遊び相手……？」
「そう。遊びたいだけの関係なら、オレもその方が楽なんだよ。ねぇ、オレと遊んでみる？」
「ちょっ……」
　先輩がグイグイ近づいてきて距離を詰めてくる。
　時間よ、今すぐ戻れ……!!
　そしてほんの少し前の私に、ここは危険だと伝えてほしい。
　とにかく私は逃げたい…………！
　なのに足が震えて言うことをきいてくれない。
「オレのこと好きじゃないって言ったけど、気が変わるかもよ？」
　ニッと笑って私の頬へと手を伸ばした。
　堤先輩の指先が触れたその瞬間——。

「コイツ、俺のだから触らないでくれる？」
「は……？」
　背後から降ってきた低い声に、今度は私のマヌケな声が零れ落ちる。
　同時に、強張った私の肩に回された腕……。
　そして、骨ばった大きな手は、私の肩をしっかりと掴んでいた。
「きゃっ……」
　グイッと、力がこもったその手は自分の胸の中へと、あっという間に私を引き寄せた。
「なんだよお前……!?」
　堤先輩は目を見開いて驚きの声をあげた。
　何が起きてるの……？
　訳がわからない私は反射的に顔を上げ、視界に映った人物にギョッとした。
「……き……桐生秋十？」
　その名前をこうして口にしたのは、どれくらいぶりかな。
　どうしてこの男がここにいるの……!?
「仁菜、勝手に俺のそば離れんなよ？」
　ハァ……!?
　な……っ、なに言ってんの!?
　大胆不敵に笑った大きな黒い瞳が楽しげに歪む。
「えっ、桐生っ……お前、ニーナちゃんと付き合ってたの？」
　いやいや、付き合ってるなんてありえないから！
　憤慨する私を見てフッと笑ったソイツ……。

降ってきたのは、あの頃と変わらない意地悪な笑み。
　信じられない状況にすぐに抵抗したくても、その優越感に浸(ひた)ったような顔を睨(にら)むしかできなかった。
　私は大嫌いなのに、どうして女の子達は、こんな最低なヤツに胸を高鳴らせるのだろう。
　ダークチョコレートみたいな色の髪がふわりと風を誘(さそ)い、露(あらわ)になるその顔。
　はっきりとした涼(すず)しげな目元、綺麗(きれい)な鼻筋、軽く口角を上げた唇(くちびる)は少し挑戦的(ちょうせんてき)。
　大きな黒目はまるで黒水晶のように爛々(らんらん)と輝(かがや)いて。
　180センチくらいはありそうな長身の桐生秋十は、その極上にカッコいい顔のせいもあり、どこにいても存在感を放ってしまうのだと、女の子達が騒ぎだしたのは高校に入学してすぐの頃。
「……付き合ってなんか！」
「そ。ただ、俺とコイツは昔から特別な関係ってやつ？」
　意地悪な笑みを私に向けて首を傾(かし)げる。
　特別な関係なんて……。
　よくも、そんなことが言えるよね!?
　本当に、神様はどういうつもりで彼にその容姿(ようし)を与えたのか、大きな疑問を抱く。
　同じ２年生の桐生秋十は、私の宿敵(しゅくてき)なんだ。
「なっ？　仁菜？」
　私は、アンタの顔も見たくないのに……！
「ニーナちゃんと桐生が……と、特別な関係って……」

焦った声でそう言った堤先輩は、酷く冷たい眼差しを送る桐生秋十に、ビクリと顔を強張らせた。
「"ニーナちゃん"って何？　気色わりぃヤツ。だいたい、お前はなにを想像してるわけ？」
「……っ!!　特別な関係って、お、お前がっ、言ったんじゃないか……っ、だからただ聞いただけで……！」
「は？　遊び人のお前ならよくわかってんだろ？　なに言ってんの？」
「うっ……」
　さっきまでの威勢はどこに行ったのか、堤先輩は反論できずに黙り込んだ。
「ねぇちょっと……っ、誤解を招くようなこと言わないでよ……」
　これ以上、好き勝手言われても私は困るんだから。
「あ、アンタと私が……特別な関係なんて、そんなバカなことがあるわけないでしょ」
　否定する私は、大嫌いな桐生秋十を見上げる。
　……けれど。
「あれ？　仁菜、"秋十"って名前で呼ばないの？」
「なっ……！　そ、それはアンタが脅し……っ」
　言いかけた直後、その整った顔をぐっと近づけてくる。
「ん？　なんか言った？」
　うぅっ……。
　私には悪魔が"黙れ"って言ったように聞こえるんだけど……。

あまりにも桐生秋十の唇が近いことに驚いて、私はその問いかけに首を振った。
　そして桐生秋十は再び、堤先輩に刺すような視線を投げる。
「生徒会長のクセに、こんなところで後輩の女に手出していいのか？　彼女だって何人いるんだよ。全校生徒が知ったら失望するよな？」
　挑戦的な台詞を躊躇(ちゅうちょ)なく堤先輩にぶつける。
「……そっ、それだけは!!」
「困るんだったらこんなことしてんじゃねぇよ。秀才が聞いて呆(あき)れる」
「……クッ！　声なんかかけるべきじゃなかったな！ちょっと可愛いからって調子にのるなよ。なんでこのオレが……！」
　堤先輩は悪態をつきながら、逃げるようにこの場から立ち去っていった。
　ずっと強張っていた肩の力がようやく抜けていく。
　まるで、悪い夢でも見ていたみたいだ……。
「……で？　お前は、ここに何しにきたわけ？」
　ヒィッ！
　この男の存在を思い出して、ドクッと心臓が揺(ゆ)れる。
　取り残された私は、触れられたその手に背筋がヒヤリとした。

意地悪なきみは恋愛対象外

　——私は、きみだけは好きになれない

「は、離して……！　いつまで掴んでるの!?」
　身体をねじって必死に腕を解くと、キッと睨んだ。
「つーかさ、お前ってそういうことするヤツだったわけ？」
「……そういうことって？」
「なに、お前。知らないの？　この北校舎裏は、堤の"女遊びの場所"って」
　は……？
　その言葉にたちまち頭の中が真っ白になる。
「……う、嘘だっ！」
「嘘じゃないって。適当に声かけて、色んな女に手出してんだよ。結構有名なのに、知らないとかバカ？」
　フッと口角を上げた桐生秋十に怒りを覚える。
　バカにしたみたいな、呆れたような顔……。
「そ……それは、どうもご親切にっ！」
「なんだよその態度。可愛くねぇな」
「アンタみたいなヤツに可愛いとか思われたくないから……」
「ふーん。強がってるけど、俺が来なかったら今頃お前は堤の毒牙にかかってたんじゃないのか？」
「……」

「素直じゃないその性格、変わってねぇな？」
　私を知ったような口ぶりにカッと首が熱くなる。
　太陽の光を背に受けて、こっちを見下ろす黒い瞳は、私を捉（とら）えていた。
　この瞳が、私はずっと大嫌い……。
「なによ……私は、アンタなんか来なくても、自分でなんとかでき……っ」
　──グイッ！
　いきなり手首を掴まれて、乱暴にひっぱられる。
「っ、なにすんのよ……!?」
「振りほどいてみ？」
「へっ……？」
　眉（まゆ）を上げた桐生秋十が低い声で問いかけてくる。
　こ、こんなの、簡単に振りほどけるよ……。
　私は手を動かしたりひいたりと抵抗をみせた。
　あ、あれ……？
　けど、びくともしない私の手は、一向に解放されることはない……。
「男の力には勝てないんだよ、わかったか？　今後はよく覚えとけ」
　頭上で勝ち誇ったように笑う気配がして、腹が立つ。
　完敗した私の手が、ようやく放された。
　悔（くや）しい～～～!!!
　けど、今のは全然力なんか入れてなかった……。
「私は……そんなつもりじゃない！　ただ、堤先輩から話

したいことがあるって言われて……」
　まさかこんなことになるなんて思ってもみなかったわけで……。
「告白されると思って期待したとか？」
「……っ」
「ふーん。その顔は図星(ずぼし)だよな？　いじめられっこのお前が告白されるって、本気で思ってたのか？」
　うぅ……。
　目を細めて私を見下ろしてくる。
　腕を組んだ桐生秋十の表情にゾクリと背中が震えた。
　"いじめられっこ"……って。
「アンタが私をいじめてたんでしょ……!?」
　──桐生秋十の正体。
　それは小学四年から卒業までの間、私に意地悪なことばかりをしてきた"いじめっこ"……。
　冷たい態度、意地悪な言葉、私を睨む黒い瞳。
　何がそんなに気に入らなかったのか知らないけど、私だけに集中的に嫌がらせを繰り返してきたんだ……。

　──"お前が、俺に勝てるわけないだろ？"

　絶対君主の大魔王だったこの男の台詞が、今も耳に残ってる……。
　物は投げるわ傘(かさ)は隠されるわ、文集は破(ぶ)かれるわ、帰り道の待ち伏せはコイツの得意技だったっけ。

中学に上がってからも、桐生秋十は私を見つけては声をかけようとしてきた。
けど、同じクラスだった私はひたすら無視を決め込んで、3年間一切口をきかなかった。
——"お前、ムカつく……"。
それでもまだ、アイツの冷たい声は耳に残ったまま。
特に忘れられないのは、5年生の林間学校の夜。
ああ、思い出すのはもうやめよう。
きりがないし、気分が悪くなるだけだ。
私は世界で一番、桐生秋十が大嫌いなんだから。

桐生秋十は気だるげに私を見つめたままだ。
「な、なに？　私が告白されたらダメなの？　そんなにおかしい……？」
「別に？　ただ、こないだのこと本気にしてんのかなって思って」
「……っ」
ギクリッ。
俯いた私は頬がひきつっていくのを感じた。
こないだのこと……。
それは、約1ヶ月前に遡る。

私の人生終わったよ、お母さん……。
そう言っても大袈裟なんかじゃない……!!
高校2年生、桜舞い散る4月。

新しいクラス表が貼り出された朝、生徒玄関前で、私は人目も気にせず膝から崩れ落ちた。

　どうして、アイツが同じクラスなの……!?

　何度見ても２年１組の表には、間違いなく私の名前と桐生秋十の名前が載っていた。

　地元の３分の１は偏差値が平均的なこの高校を受験するからか、アイツと高校まで同じだと知った時は、ほんっとにお先真っ暗だった。

　それでも、小中ともに呪われたように同じクラスだったのが、高校入学と同時、遂にクラスが離れたのだ。

　その時の嬉しさはハンパじゃないっ!!!

　町内を裸で１周してもいいくらい！

　１年生の時は、ありがたいことにお互い廊下の端と端の教室で、顔を合わせることも滅多になかったから平穏な日々を送った。

　ていうか……私が、桐生秋十と目も合わせないし、近くにも寄らないように細心の注意をはらったから。

　どうかこのまま、２年生も３年生も同じクラスになりませんように！って毎晩祈っていた。

　なのに、なのに…………!!
「なんで、桐生秋十と同じクラスなの……」

　大魔王、再び…………!!

　私にとっては大魔王でも、顔は極上にカッコいいって騒がれているだけあって、クラスの女の子達は新学期の放課

後も、黄色い声をあげていた。
「やばっ……桐生くん超カッコいい!!」
　ハッ……顔だけは、ね……顔だけは！
「わかる。カッコよさ異常だよ！　もうキュン死に注意だよ！　見てるだけで苦しいくらい……キャッ！」
　ゲホォッ……私もアイツと同じ教室で同じ空気を吸ってるだけで、ほらこんなに胸が苦しいよ。
　当然だけど、視界になんて入れたくもない。
　私からすれば、桐生秋十の性格の悪さは折り紙付きだし、それこそ異常だって思う。
　だから、アイツの本性に注意してほしいよ。
　女子の皆様……。
　そして私は、明日からいったいどう過ごしていけばいいの……？
　憂鬱を背負った私は、誰もいなくなった教室でひとり考えていた。
「みんな、アイツの本性知らないんだよ。あんないじめっこの大魔王のどこがいいの……？　桐生秋十なんて、大嫌い……」
　と、静かな教室でひとり毒づいた。
　この教室には、席に着いたまま未だ帰ろうとしない私ひとりだと安心しきっていたから。
「俺の本性ってなに？」
　え……？
　大嫌いなアイツの声が背後から飛んできた。

大嫌いだから、振り返らなくたって、その声が私にはわかるんだ。
　ドキッ、と。
　鼓動(こどう)が激しくなって、思わず後ろを振り返る。
「…………き、桐生秋十」
　中学３年間、そして高校に入ってからの今までずっと無視をし続けた私が、何年ぶりかに返した言葉。
　あの黒水晶のような瞳が、真っ直ぐに私を捉えている。
　不本意にも、４年以上ぶりに目が合った。
　ううん……私がアンタを見たから、視線を交わすことがなかった私達は目が合ったんだ。
　最悪……。てっきりもう帰ったと思ってたのに、なんて神出鬼没(しんしゅつきぼつ)なの？
「なに、その顔？　相変わらずムカつく」
　だったら声かけたりしないでほしい。
　教室の出口の扉(とびら)は開けっぱなしになっていて、そこに寄りかかるようにして立っている。
「じゃあ、話しかけないでよ……っ、私だって、今でもアンタにムカついてるんだから……」
　一刻(いっこく)も早くこの場所から立ち去りたくて、席を立った私はカバンを握(にぎ)り締(し)めた。
　今はもういじめてないからって、水に流せることじゃないもん。
「もしかして、ずっと俺のこと考えてたの？」
　口角が意地悪な笑みを作り、うっすらと笑った。

「は？　バカじゃないの！」
　なんでそんな涼しげな表情してるの……！
　こっちは、憂鬱で仕方ないっていうのに。
「そうだろ？　今俺のこと嫌いって言ってたよな？　考えてるってことじゃないのか？」
「それは……アンタと同じクラスで、最悪って考えてたの！　だから……」
「ふーん。で？　俺の本性ってなに？」
　声を詰まらせた私にツンと顔を上げて、ゆっくりと教室内へと入ってくる足取りにさえも苛立ちは膨れていく。
「アンタがカッコいいとか言われてるけど、ほんとはいじめっこで最低の性格だってみんな知らないから！」
「だから面白くないんだ？」
　わかっているクセにわざわざ聞いてくるなんて、やっぱり嫌なヤツ。
「面白くない。すごい不愉快だよ……」
「お前、可愛くない。そんなんじゃ彼氏なんかできねぇぞ」
「……か、彼氏!?」
　うぅ……不覚にも声が裏返ってしまった。
　そんな私を見逃すわけもない桐生秋十の口元は、意地悪たっぷりに笑みを浮かべた。
「ぷっ。すげぇ動揺してる」
「ハハッ……まさか。私は、これから恋をして彼氏をつくろうと思ってるの！　アンタとは……正反対の、優しくて素敵な人！」

「なに強がってんの？　意気込んでるけど、俺のこと考えてるうちは無理なんじゃない？」
「だから……っ、考えてなんかないってば。ていうか二度と関わりたくなんてなかったのに！　今だって顔も見たく……っ」
　キッと睨んだ瞬間……。最後まで言い終えないうちに、私の腕を掴んで強く引いた。
　バランスが崩れて前のめりになった身体は、大嫌いな桐生秋十の整った顔に近づいてしまう……。
「じゃあなんで、今俺の顔見てんの？　4年以上、目も合わせなかったクセに」
「……っ」
　私がそうしてきたことを知ってる……。
　目の前の桐生秋十の長い前髪がサラリとおでこをかすめると、大嫌いな瞳がより鮮明に映る。
「なんで今、お前の声聞かせてくれてんの？」
　久しぶりに近くで聞いた声は、少し低い。
　流れるように、ゆっくりと、私の瞳を真っ直ぐに見つめて問いかけてきた。
「……俺はずっとお前と話したかったよ。ガキの頃だってもっとお前の話、聞きたかった。中学ん時も、他のヤツと話してるお前の声聞いて、俺とは絶対こんな風に話してくんないんだろうなって思ってたから」
　自嘲気味なその顔は、どこか寂しげに見える。
「だから、こうやってお前の声聞けて俺は嬉しいんだけ

ど?」

　その口調が、なぜか大魔王らしくない……。

　でも、そんなことを言われたって、信用なんかできるわけないんだから……。

「は、離してよ。アンタと話すのは、もうこれっきりだから……! ほんとに、これっきり……」

　もう二度と関わりたくもない。

　なんで私だけ、いつまでもこんなにアンタのことで悩まなきゃいけないの……?

　その上、なんで私がアンタが原因で彼氏ができないみたいに思われなきゃいけないの……?

　冗談じゃない……!

　だから、早く決別したかった。

　彼氏をつくってみようと本気で思った。

　そして、今現在に至るってわけだ…………。

　もちろん、本気で彼氏ができるなんて自惚れていたわけじゃないけど。

　それでも、桐生秋十のことを考えないような毎日を送りたい。

「俺とはもうこれっきりって、言ってなかったか?」

　痛いとこをつかれて、口ごもるしかない。

　ていうか、頼んでもないのにアンタがここに現れたんでしょ。

「やっぱりあの時のこと本気にしたんだろ? で、堤に呼

び出されて浮かれてきたってわけか」
「……別に、浮かれてなんかない!」
　確かに最初はちょっと期待してたのは事実だけど……!
「堤の本性見抜けなかったくせに。見る目ないな、お前」
　フッ、と楽しげに笑った顔は悪魔みたい……。
　大魔王と名付けただけあるって、自分で感心する。
「うるさいよ……っ、だいたい何でアンタがここにいんの?」
「救世主に向かってその口の利き方はないんじゃねぇの?」
「ど、どこが救世主!?　大魔王の間違いでしょ?」
「はいはい。じゃあ、俺も告白しにきたって言ったらどうする?」
「ハァ?　アンタが……こ、告白……?　誰に……っ」
　そこまで言いかけて私は口を閉ざすはめになった……。
　だって桐生秋十が私を真っ直ぐに見つめてくるから。
　え……?　いや、嘘……まさか、あ…ありえない……。
「なーんてな?　冗談だ、バカ」
　ムカッ……!
　誰かこの大魔王を今すぐ消してくれないかな。
「堤みたいなヤツには今後気をつけるんだな」
「……だから、あんな軽い人って知らなかったの!!　てか、アンタに関係ないでしょ!　私は夏休みまでに彼氏をつくるの!　絶対に……!　何がなんでも……!」
　夏休みまでって決めたのは特に深い理由はないけど、もし彼氏ができたら素敵な思い出が作れそうだったから。

桐生秋十のことを少しも考えなくなるような、素敵な思い出。
「へぇ。すげぇ気合い。男なら誰でもいいわけ？」
「ち、違う！　誰でもよくない！　だから、堤先輩のこともちゃんと断ったんだもん……！」
　あれは告白されたとは言わないと思うけど……告白されたからといって、付き合う相手が誰でもいいわけじゃないんだ。
「ずいぶん必死だけど、なんの理由があんの？　てか、ムキになんなよ？」
　理由って、そもそもはアンタが原因なのに。
「ほっといてよ……」
　そう言い放っても、目を逸らす気配が微塵もない。
　ダークチョコレート色の長い前髪がふわりと揺れる。
「ほっとかねぇよ……」
「えっ？」
　桐生秋十の独り言のような声にハッとした。
「お前さ、そんなに彼氏が欲しいなら……」
　……と。
　言いかけて、立ち尽くす私の目を真剣に見据えた。
　な、なに……!?
　そして身構えた瞬間、私の腰に腕を回すと、あっという間に自分の身体へと抱き寄せた。
「俺がなってやろうか？　お前の彼氏」
「……っ」

挑戦的に、私の唇に顔を寄せて低く囁いた。
少しでも動けば触れてしまいそうな距離。
形のいい唇も、羨ましいほど長い睫毛も、大嫌いなその黒い瞳も、ものすごく近くて……。
ドクッ、と。
鼓動が波打ったと同時に、私は息を呑んだ。
待って……今なんて言ったの……？
私の彼氏になってやろうかって……？
サラリと流れる前髪。
爽やかなシャンプーの香りが鼻をくすぐった。
女の子達が騒ぐのも頷けるこの抜群の容姿は、確かに申し分ない。
悔しいけど……認めたくなんてないけど、顔は間違いなくカッコいいんだ。
そこらのモデルなんかよりも、ずっと整ってる。
「なぁ？　仁菜」
吐息混じりに名前を呼んで首を傾ける。
名前で呼ばないでほしい……。
それに、アンタが彼氏じゃ、私の目的は達成できないんだよ。
「堤みたいなヤツから、お前のこと守ってやるくらいできるよ？」
やけに真剣さを含んだ声。
守る……って。
その言葉を、いじめっこだったアンタが言わないでよ。

それにその言葉は、私の心に隠した記憶に触れたようで、胸が痛くなるから。
　思い出すと、立っていることもできないほど苦しい記憶。
　吸い込まれそうな大きな黒い瞳を、私はこれ以上見てられない……。
「っ、冗談じゃない……　アンタだけは無理！　私の……け、圏外ナンバーワンだから！　バカじゃないの……」
　ありえない、ありえない……。
「それに……守ってもらおうなんて思ってない」
　私は動揺を隠すように叫んで両手を突きだすと、桐生秋十の身体を押し退けた。
「……そんなに俺が嫌いか？」
　お、驚いた……。
　てっきりまた「なーんてな？」とか言って嫌味を含んだ笑みを浮かべると思ってたから。
「き、聞かなくてもわかってるでしょ……大嫌いってこと。今までのこと、許せないよ。なんで、私だけいつも嫌がらせされなきゃいけなかったの……？　ぎゃふんって言わせてやりたいくらい……！」
　このいじめっこの大魔王……！
　どう考えても、なんで私が意地悪されなきゃいけなかったのかわからないし、だから許せない気持ちがいつまで経っても消えてくれないんだよ。
「許せない？　じゃあ、さっさと彼氏つくって俺のことぎゃふんって言わせてみれば？」

「もちろんそのつもりだから……!!」
「お前にほんとに彼氏ができたら、二度と関わらないって約束してやってもいいよ?」
「へ……?」
　この桐生秋十が二度と関わらないって約束する……?
「ほ、本当に？　絶対……!?」
　私としてはこんなに嬉しいことはない……!!
　でも怪しい……。
　あの大魔王の桐生秋十が自ら約束してくれるなんて、信用できないんだけど。
　確かめるように問いかければ、口角を上げて意味深に笑った。
「絶対。それに、なんでお前をいじめてたのか知りたいんだろ？　理由、教えてやってもいいよ?」
「…………なに、それ。ムカつくからって理由でしょ？　自分でそう言ってたじゃない!」
　あの頃の私は、どうしてそんなことでいじめられてるのかわからなかったけど、今ならそれがどんなに身勝手な理由かわかる。
「そうだよ。ムカつくから」
「なっ……!?」
「それに、お前が何を隠してるか、俺は知ってんだぞ?」
「……っ」
　心の奥まで射抜くような迷いのない瞳は、私を責めているように感じてしまう。

だから、その瞳が、大嫌いなんだ……。
「なーんてな？」
「は……？」
「冗談だよ？　なに焦ってんの？」
　この大魔王に、一瞬でも焦りを見せてしまった私が不甲斐ない!!
「わたしに彼氏ができたら、二度と関わらないって約束して……!!」
「じゃあ、終業式までに彼氏ができなかったら、俺の言うことなんでも聞けよ？」
「……えっ」
「当然じゃないの？　お前の言うことだけ聞くなんて、フェアじゃないだろ？」
「それは、そう……だけど……」
　ごもっとも。
　だけど……こ、こ、これはマズイ。
　完全に不利な立場だ。
　でも、もし彼氏ができなかった時は奥の手を……。
「言っとくけど、彼氏のフリさせた男連れて来んのもなしだからな？」
「うぅ……」
　よ、読まれてる……!!
　最悪の時はそうしようかと考えたけど、いとも簡単に見抜かれてしまうから目を泳がせるしかない。
「キスくらいしてみせろよ？」

「っ、キス…………!?」
「できないわけ？　彼氏なのに？」
「ハハッ……、できるに決まってるじゃん……」
　自分の首を絞めてるよ、私……。
　ほんとは、キスなんてしたことない。
　でも、すでに勝ち誇ったような顔を見たら、ついついムキになってそう言っちゃったんだ。
「意地っ張り」
「……と、とにかく、絶対終業式までにアンタの前に彼氏を連れてきてやるんだから！」
「今からすごい楽しみ。心底困ったお前の顔、目に浮かぶ」
　本当にしつこいけれど、この大魔王は私の運命の宿敵だ……。
　この宿敵に打ち勝つためにも、私は絶対に素敵な彼氏をつくってみせると強く心に決めたのだった……。

絶対君主の大魔王！

　きみは、私にとって"ヒーロー"であり
　　——絶対君主の大魔王だ

「終業式までに彼氏つくる？　それは無謀(むぼう)すぎじゃないの？」
「ちょ、ちょっと、ひーちゃん？　そんなハッキリ言われたらショックだよ……！　私は、この際だからあの大魔王にぎゃふんって、ううん！　二度と関わらないって約束させてみせるの……！」
　次の日。
　机を挟(はさ)んで向かい合う親友——ひーちゃんこと、富樫(とがし)日和(ひより)に、私は早速お説教されてます。
「……って、言ってるけどもう６月だよ？　夏休みまで時間なんてないんだからね？　そこんとこ、わかってるのっ？」
「……もっ、もちろん！」
「いーや、わかってないわね！　桐生くんが大嫌いなのはわかる。ぎゃふんって言わせてやりたいのも。どうせ、ムキになったんでしょ？」
「それは否定しない……」
　ひーちゃんてばお見通しだ……。
「だいたい昨日、堤先輩からの呼び出しも、行かない方が

いいんじゃないって忠告したじゃない。それにね？　彼氏つくりますって言っても、まずは恋でしょーが！」

　ビシッ！と私に指をさして言い放った、ひーちゃんのポニーテールがくるんっと揺れる。
「"恋"……」
「そう。あの二重人格のナルシストの、女なら誰でもいいっていうゴミのような性格の堤先輩に告白されたからって、付き合おうなんて思わなかったでしょ!?　恋愛感情もないのに付き合おうなんて無理な話なの！」

　ヒェー!!!
　ひーちゃんてば堤先輩に対して、毒舌を通り越して憎しみすら感じるよ……。
「ニーナが堤先輩に呼び出されたって、昨日の昼休み……すごい大騒ぎだったんだよ？」

　噂を聞きつけたクラスメイト達が大騒ぎしてたのかな……？

　相変わらずひーちゃんは綺麗な顔立ちをしてるんだけど、すごい毒舌で、ハッキリしたその性格も小学校の頃から変わってないなぁ。

　怒ると、大地が揺れるくらい恐ろしいんだ！
　私は小４の時にこの若葉町に越してきた。
　ひーちゃんはなかなか馴染めなかった私に声をかけてくれたんだ。
　第一印象は、怖そうな女の子だった。
　いつも怒ったような顔をしてて「日和ちゃんっていつも

不機嫌だよね」とか「乱暴で怖いよね？」って、みんなが話してるのを聞いたこともあった。
「桐生くんに小4の時からされてきた意地悪を、ニーナが許せないのも、わかるけどさ……？」
　今では、ひーちゃんがどんなに優しいか私は知ってるから、怖いなんて思わないけど。
　そして、私とひーちゃん、桐生秋十は同じ小中学校を卒業してきた。
　アイツを嫌いな私の気持ちを、よくわかってくれてる！
　……と、私は思ってるんだけど。
「あんなヤツ……大嫌いっ！　ほんとは、関わりたくもなかったけど……」
「ぎゃふんって言わせて、今度こそ桐生くんと決別したいってわけね？」
　頬杖をついたひーちゃんに、私はしっかりと頷いた。
「まぁ、でも……関わりたくないなんてそれこそ無理な話でしょ？　だって、今年は同じクラスなんだから。7月にある臨海学習、同じグループって可能性まであるんだからね？」
「うぅ……考えただけで吐き気が……」
　臨海学習で同じグループなんて絶対に嫌だ！
「でも、そんなに桐生くんが嫌いなら、彼氏ができたら夏休みにラブラブして、素敵な思い出作るのもいいんじゃない？」
「……そこまで、具体的に考えてないっていうか」

「え？　そうなの？　夏休みだよ？　開放的な毎日……2人っきりの時間を満喫したいと思ってもいんじゃん？」

　ひーちゃんのイタズラな笑顔にちょっと妄想……。

「大好きな人と、2人っきり……か」

　初恋もまだな私だけど、これを機にそんな素敵なことが起きたらいいなぁ……。

「ニーナ、お前なに朝からエロいこと考えてんの？」

「……っ」

　ついつい妄想にうっとりしていたら、突然ズシッと頭の上に乗せられた手の重みに驚いて顔を上げる。

「颯太……!?　ちょ、手重っ……」

「顔緩みすぎじゃね？　2人っきりで何すんだよ？　オレにも教えろ」

　私の髪をくしゃくしゃにして笑うのは、入学して同じクラスになった結城颯太だ。

「颯太……っ、盗み聞きしないでよ……！　変態！」

「変態はニーナだろ？　変態面してんじゃん？」

　そう言って八重歯を見せて無邪気に笑った颯太。

　私が唯一、男友達と呼べるのは、たとえこんな扱いでも、颯太だけかもしれない。

　屈託のない笑顔。それを見せられたら、それ以上怒る気もなくなってしまうんだ。

　緩いパーマがかかった黒い髪にシルバーのピアスをして、失礼だけどちょっとチャラそうな雰囲気を持つ颯太。

　ひーちゃんいわく実際チャラい……らしいけど。

だけど、話してみるとすごく楽しくて面白い。
　何より人の話にちゃんと耳を傾けてくれる。
　1年の時に桐生秋十をあからさまに遠ざける私に「アイツが嫌いなのか？」って聞いてくれたことがあったっけ。
　色々な話をしていく内に、アイツのことが大嫌いな経緯(けいい)も聞いてもらって、時には愚痴(ぐち)ったりもしたし。
　颯太のバカな話もお腹が痛くなるくらい笑える。
　そんな風に話せる男の子は初めてだったから、嬉しかったんだ。
「別に、変なことなんて考えてないし……」
「どうだか？　顔赤いけど？」
「は、颯太のバカぁ……！」
「ぶはっ！　お前、その顔じゃ図星だろ」
「うるさいなぁ！」
「すぐむくれんなよ。悪かったって」
　いたずらっこみたいに笑う颯太とは毎回こんな感じだけど、男の子で初めて友達って呼べる相手だと思ってる。
「ニーナは今、無謀(むぼう)を承知で彼氏をつくることに必死なの。からかってないで、颯太も止めてやって！」
「は……？　ニーナが彼氏？」
　怪訝(けげん)な表情をした颯太の眉がグッと寄せられる。
　そんなに私が、彼氏つくる宣言したことがおかしいの!?
　そりゃ……今まで全くもって彼氏って存在に興味や願望もなかったのは、紛(まぎ)れもない事実だけどさ……。
　早速、ひーちゃんが早口で颯太に説明している。

「……へぇ。彼氏できなかったら桐生の言うこときくんだって？　お前さ、なんで勝てない勝負に挑むんだよ。ったく……」
「勝負とかじゃないよ……っ、これは私なりの決別っていうか。確かに、大魔王の挑発には乗ったけどさ……」
「決別だって？　そもそも、桐生とは二度と関わりたくないんじゃなかったのかよ？」
　──ピシッ。口ごもる私のおでこを颯太が指で弾いた。
「関わらないって決めてたよ……ずっと」
　弾かれたおでこをさすりながら、私は忘れもしない過去の記憶を思い返していた。

　──小学４年生の夏休み前。
　桐生秋十との出会いは転校した日ではなく、実はその前日だった。
　もともと住んでいた林町と、この若葉町はさほど離れてはいない。
　新しい学校までの道に慣れるために１人で散歩に出た時、堤防の坂を一気に駆け上がったら、キラキラ光る水面を見つけた。
　河川敷まで走って行けば、グラウンドが見えて、階段を降りていく。
　あ……。
　この河川敷……前に来たことある。
　確か、夏祭りがやってて、行きたいってせがむ私をお父

さんが連れてきてくれたんだ。
　もう二度とお父さんと夏祭りに来ることはできないけれど、今でも大切な思い出。
　いつも明るいお父さんは、小学校の先生だった。
　子供達にとても人気があるんだよって、お母さんが誇らしげに話していたのを覚えてる。
　人気がある先生……私まで嬉しくなったんだよ。
　そんなお父さんが亡くなったのは１年前の７月。
　小さくだけど、地元の新聞にも載った。
　私は３年生の夏休み、ずっと塞ぎ込んでいた。
　最愛の人を亡くして、前を向くのに時間なんていくらあっても足りないのに、それでもお母さんは前へ進んだ。
　朝早くから働ける若葉町のカフェの仕事を親戚の人に紹介してもらい、急遽引っ越しが決まった。
　いつも笑顔で「お母さん、仁菜が大好きだよ」って言ってくれて……。
　私も同じように返したいのに、後悔に押し潰されて下を向いたままで。
　最期にお父さんにぶつけた冷たい言葉が、鉛のように心の中にずっしりと残ってるんだ。
　なんで、あんなこと言っちゃったんだろう。
　じわり、と涙が溢れてきて、ボロボロと零れ落ちて止まらなかった……。
　メソメソ泣いたらお母さんが心配するのに……。
　こんな顔じゃ帰れない。

私が泣き止む頃、辺りはすっかり薄暗くなっていた。
　……あれ、私。
　どっちの方向から来たんだっけ？
　ドクンっと、一気に不安が沸き上がった。
　どうしようって、怖くなったその時。
「ワンッ！」
　突然、地面を見つめていた視界にひょこっとふわふわのシルバーの毛並みをしたわんちゃんと、土のついたスニーカーが現れた。
「…………泣いてるの？」
「……え」
　顔を上げると、わんちゃんのリードを握る男の子が私の顔を覗き込んだ。
　すごくビックリした顔で。
　同じ年くらいの男の子かな……？
　薄暗い中でも、真ん丸で大きな黒い瞳がとても印象的だった。
「あの、私……引っ越してきたばかりで……」
　迷子になったなんて、恥ずかしくて言えない……。
「帰り道がわかんなくて泣いてるの？」
「……っ」
「迷子なら、そう言えばいいのに」
　ツーンとしてて意地悪そうな男の子だ……。
　迷子と言い当てられたことに恥ずかしくなって、無言のまま立ち尽くす私を、怪訝な顔でジロジロと見てきた。

「名前は……?」
「え……? 私……蜷深仁菜……」
「になみにいな……?」
　……と。
　相変わらず眉をひそめたまま私を見る彼は、名前を繰り返した。
「私の名前、言いにくい名前だって言われるんだけど、でもね……っ」
「お、おいっ!」
　お父さんがつけてくれた名前なんだよって、言いたかった。けど、それよりも早く再び涙が溢れてきた。
　名前も知らない男の子は、先ほどよりも数倍ビックリした表情で。
　可愛らしいクリクリの目をしたわんちゃんまで私を見つめ、くぅんと高い声で鳴いた。
「泣くなよ……っ、てか、なんで迷子くらいで泣くんだよ!」
「だって……っ、お父さんが……」
「っ、ああ、もう! 泣くな……! お父さんがどうしたんだよ!」
　あたふたしながら、必死に慰めようとしてくれる。
「っ、お、お父さんに会いたい……」
　なぜか私は、たった今出会った名前も知らない男の子に、ボロボロと泣きながら本音を零していた。
「わかったから……泣いてもいいから、とりあえずこっち来い!」

「……わわっ!?」
　そう言って、いきなり私の右手は男の子にさらわれた。
「ここ、夜になると"へんしつしゃ"が出るって近所のおばちゃんが言ってたんだよ」
「ヒッ……！」
　男の子の言葉に身震いを起こす。
　そして住所はどこか聞かれた私は「３丁目」と告げる。
　すると、とても自然に私の手を引いていくから、そのまま私は男の子とわんちゃんと一緒に歩き出した。
「……父さんに会いたいって、会いたいなら会いにいけばいいだろ？」
「……っ、去年の夏……死んじゃったの」
　その瞬間、私の手を握る男の子の手にはギュッと力が入った。
　ハッとして私を見つめた男の子は、目をまん丸にして驚いたような顔をしていた。
　いきなりお父さんが死んじゃったって言ったから、ビックリさせちゃったのかもしれない。
　けど、理由を聞かれることはなく、男の子はしばらく無言のまま速度を上げて歩いた。
「お前の母さん、絶対心配してるぞ……」
　堤防を降りると住宅街が見えてきた。
「……うん。泣き止んだら帰ろうって思ってたの。私が泣いてるとお母さんが、心配するから」
「泣いたっていいんじゃないの？　我慢して強がってる方

が、心配になるよ」
「……」
「それに親って……子供がどんなに嘘をついてもわかっちゃうんだって」
「……お母さんって、すごいんだね」
　きっと私のお母さんも何でもお見通しなんだろうな。
　大きな分かれ道で立ち止まった男の子は、かまってほしそうに見上げたわんちゃんを撫でた。
「それに……父さんがいなくていじめるヤツがいたら俺に言え。守ってやるから」
　"守る"……。
　その言葉は嬉しいはずなのに、私には痛くて。
　まだ、どこの学校かもわからない男の子。
　名前だって知らない……。
　それでも、大きな黒い瞳をした男の子が私にはヒーローに見えたんだ。
「あの、ありがとう」
「……別に。そういう根性悪いヤツが、嫌いなだけだから」
　ふと視線を逸らしてわんちゃんを撫でる男の子に、胸が温かくなった。
「可愛いわんちゃんだね？　名前なんていうの？」
「ルル。トイプードルの女の子。母さんが昔飼ってた犬と同じ名前なんだ」
「ルルちゃん。ルルちゃんも、ありがとう」
　うるうると輝く瞳を見つめてお礼を口にしたその時。

「……仁菜っ——!!」
　あっ……、お母さんの声だ……！
　思ったよりも近くで聞こえてきて、直ぐさま立ち上がり声のする方へと駆け出した。
　お母さん、お母さん……！
　どうしようもないくらい涙が溢れてきた。
　お母さんに見つけてほしくて私は必死に足を動かして、心臓が痛くなるほど走った。
　すると、ほんの数メートル走った先に越してきたアパートが見えて、私と同じように必死に辺りを見回すお母さんが立っていた。
「お母さん…………!!!」
「に、仁菜……!?　あぁ、よかった！　もう、心配したじゃないの……」
「ごめんなさい、お母さん……道に迷って……」
　ギュウッ、と抱き締められて安心する。
　温かくて、お母さんの匂いがするから。
「あのねっ！　あそこにいる男の子とルルちゃんが助けてくれ……て」
　振り返った時には、さっきまでいたはずの男の子とルルちゃんの姿は、もうそこにはなかった。
　けれど次の日、転校生として紹介されたクラスで、私はその男の子に再会した。
　まるで何かの物語みたい……。
　ドキドキしながら声をかければ、すごく驚いていたのは

彼も全く同じ。
「家に帰れてよかったな。よろしく」
　クスッと笑った顔を見ていたら、トクンと胸が小さく高鳴った。
　それが、桐生秋十だった……。
　お母さんにそのことを話したら「すごい偶然だね」って喜んでいたんだ。
　頭もよくてスポーツも得意でみんなに囲まれている彼が、人気者なのは一目瞭然。
　女の子が休み時間に「カッコいいよね〜！」ってよく騒いでいた。
「去年転校してきたばっかりなのにね！」
　女の子の話によると彼は私よりも１年早く、３年生の時にこの学校に転校してきたらしい。
　私と同じ転校生なのに、たった１年でもうクラスの中心にいるなんて、すごいなぁ……。
　私も早く、桐生くんのようにみんなと仲良くなりたいな。
　だけど、それはそんなに簡単じゃなかった。
「ねぇねぇ、ニーナちゃんって、お母さんとふたりで暮らしてるの？　うちのお母さんが話してるの、聞いちゃったんだ……」
「わたしも聞いたよ！　ニーナちゃんのお父さん、学校の先生だったんでしょ？　すごいよね！」
　そう聞かれても私は何も答えなかった。
　ただ泣きそうになるのを我慢しているしかできなくて。

「アイツらに何か言われたのか!?」
「桐生くん……」
　そんな私に桐生くんはすぐに気づいてくれたんだ。
「もしかしてお前の父さんのこと言われたのか？　そういう時は俺に……」
「違うもん……！　お父さんのことじゃ、ない……ほんとに、なんでもないから……」
　心配してくれてるのに、やっぱり私は何も答えることができなかった。
　それが私の精一杯だった。
　女の子達は度々、同じようなことを繰り返し質問してきたけれど、どうしても答えたくなかった。
　それが彼女達を不愉快にさせたらしい。
　友達なんてできるわけもなく。
　──転校して1ヶ月が過ぎた頃。
「見て見て。ニーナちゃんのあの消しゴム、もう使えなくない？　新しいの買ってもらえばいいのにね。貧乏(びんぼう)だから買えないのかな？」
「シーッ！　本人に聞こえるよ！」
　──コンッ!!
「…………痛っ!!　ちょっと、誰!?　消しゴム投げたの!!」
　ヒソヒソ話をしていた女の子に、消しゴムが命中したらしい。
　私は机に伏(ふ)せるように座っていた。
「そうやって人の観察ばっかして、よく毎日飽きないよね？

楽しいの？」
「……ひ、日和ちゃん」
　そんな時、唯一私に声をかけてくれたのが、消しゴムを投げつけたひーちゃんだった。
「そこの転校生！　嫌なこと言われたら、嫌って言わなきゃダメなんだよ!?」
「……う、うん。ありがとう」
　何でもハッキリと言葉を伝えることができるひーちゃんは、いつも怒ったような顔をしてて、だけど本当はとても優しい女の子だった。
「わたし、日和っていうの。帰りの班も同じなんだ。仲良くしてね？」
　帰り道で差し出されたひーちゃんの手がとても温かくて、涙が出そうになるくらい嬉しかった。
　陰口を叩かれて誰かの言葉に傷つく時もあったけど、ひーちゃんと仲良くなれたことが嬉しくて、学校が楽しいって思えたある日。
　それは、なんの前触れもなく突然やってきた。
　――ガンッ!!
　サッカーボールがお喋りをしていた私達に向かって飛んできた。
「きゃあ……！　だ、男子の仕業ねっ!?　教室でボール蹴ったら危な…………」
　女の子の１人が驚いて声を失っていた。
　――その犯人は、桐生秋十。

真っ直ぐに睨む冷たい瞳は私にだけ送られていた。
　不機嫌な口元が今にも文句を言いたそうで。
　そこから桐生秋十の意地悪は始まった。
「あーあ。汚れちまったな？」
　掃除の時間に私目掛けて濡れ雑巾が飛んできたり。
「午後から雨なのに、傘忘れるとかバカなの？」
　朝はあったはずの傘を隠されたり。
　お母さんが買ってくれたお花柄の傘は、穴が空いてしまっていたけどお気に入りだったからすごいショックで。
「もう食べないんだろ？　早く片付けろよ」
　デザートを食べる前に、私の給食だけいきなり下げられたり。
「また迷子になって泣き出すの？」
　帰り道、毎日のように私を待ち伏せしては意地悪なことばっかり言ってきたりもした。
　もう、話し出したら数えきれないほど……！
　どうして意地悪するの？って、理由を聞いても「ムカつくから」って……！
「アンタって、最低……！」
「は？　アンタじゃねぇよ。お前が俺のこと名前で呼んだらやめてやろうかな」
　５年になった頃にそんなことを言われ、バカな私はただ言われた通り"秋十"って呼び続けていた。
　だけど、意地悪をやめるなんて真っ赤な嘘……!!
「お前が、俺に勝てるわけないだろ？」

あの日、助けてくれた時とは別人で。
　あの時の優しい言葉も、ヒーローのような姿も、全て嘘だったんだ。
　悔しくて、私は密かに大魔王と名付けたくらい。
　5年の林間学校の夜も、アイツは……。
　うぅ……、思い出すのはやめよう。
　とにかく私は桐生秋十のことが大嫌い！
　みんな「ニーナちゃんにだけ意地悪だね……」って言っていたけど、クラスでも絶対君主だった桐生秋十には誰も反抗せず。
　私に対する意地悪は小学校卒業まで続いたんだ。
　中学になってからはあからさまに意地悪なことはしなくなったけど、私を睨む瞳はずっと変わらなかった。
「お前、ムカつく……」
　いつだって冷たい声も……。

「ほんとは……顔も見たくない！　思い出せば思い出すほど、嫌な記憶でしかないの。だから、あの大魔王と決別したいの……！」
　ハッと目が覚めたように記憶に蓋をする。
「ニーナ、落ち着いて？　こ、声でかいって……」
　……と、ひーちゃんは目を丸くして驚いた。
「……つーかさ、なんでニーナだけいじめてたんだよ？　ムカつくからって、それだけの理由か？」
　颯太が不思議そうに聞いてくる。

「そっ、そんなの、私が知りたいくらいだよ！」
　その理由は今でも謎に包まれたまま……。
「でも、桐生くんって、そんなに悪い人じゃないと思うよ……」
「えっ、いや……ひ、ひーちゃん!?　今頃なに言ってるの!?」
　子供の頃から私の肩も桐生の肩も持たないひーちゃんは「やっぱなんでもないわ」と目を伏せた。
　ひーちゃん……？
「桐生なんかほっとけよ。そんな理由で彼氏つくろうとか思うなって。夏休みは、オレがプールにでも連れてってやるから。な？」
「アンタは水着の女が見たいだけでしょーが。とくに紐タイプのビキニとか。この、アホ！」
　うん、私もビキニが見たいに１票だね。
「アホってなんだよ……ーつーかさ、無理に彼氏つくろうとしてんじゃねぇよ。相手のことよく知りもしないで告白とかしてみろ。痛い目に遇うぞ？」
「わ、わかってるよ……」
　もちろん闇雲に告白しようなんて思わない。
　堤先輩の一件もあって学んだから。
「ニーナは……そこまでしてまで桐生くんに二度と関わらないって約束させたいわけ？　今までの謝罪とかも？」
「……あっ！　それ考えてなかった！　今までのこと、ちゃんと謝ってもらわなきゃね！」
「ふぅん」

「なんだよ日和。やけに桐生の肩持ってるみてぇな言い方して」
「そうだよ、ひーちゃん!! ここは、親友の私を応援してほしい!!」
「別に。てかアンタ達、顔近いから……むさ苦しいわね！」
　ひーちゃんは毒を吐き、またまた私へ質問を投げ掛けてくる。
「まぁ、いくら桐生くんと決別したいからって……好きでもない人に告白したらダメだからね!?」
「もちろん……！　ちゃんと考えるよ……」
「そう？　ならいいけど。まずは誰かに自分のことを好きになってもらえるように頑張ってみれば？」
　そうだよね……。
　彼氏だなんだって言ってたけど、まずは恋の相手にも、私を好きになってもらうことが大切なのかもしれない。
「恋の相手、か……」
　恋とは無縁だった私は、しゅんと項垂れた。
「なんなら、オレが慰めてやろうか？」
　──ポカッ！
「アンタが言うと下品だから！　このチャラ男！」
　ひーちゃんの拳が颯太の頭目掛けて飛んできた。
「……いってぇな。この狂暴女！　ほんっと、日和はすぐ手が出るわ、物は投げるわ！　それにな、誰がチャラいって？」
「アンタよアンタ！　いっつも色んな女とフラフラして遊

んでんでしょーが！」
「おい、日和。勘違いすんなよ？　オレは確かに遊んでるけどな、別に誰とでもヤってるわけ……」
　ドスッ……!!
　今度は強力なパンチが颯太のお腹へと炸裂した。
　今の、手加減は一切なしだろうな……。
　ひーちゃんってば、美人さんなのにヤンチャな男の子みたいなところがあったりする。
　颯太も意外とモテるんだけど、ひーちゃんいわく下品なことばっかり言うもんだから、颯太は私には悪影響らしい。
「つか、お前付き合ったことないだろ？」
「……私は、これから経験する予定なの！　颯太とは違うの！」
　いつも女の子にちょっかい出されてて楽しそうな颯太には、きっと私に恋愛経験がないことくらい、お見通しなんだろうけど。
　フフンと颯太が得意気に笑った気配がする。
「オレが男のこと教えてやろうか？」
　そ、それは遠慮しときたい……。
　私の顔をまじまじと見つめて、ククッと肩を揺らしてイタズラに笑う。
「私は真剣なんだから！　そうやって冗談ばっかり言ってからかうのやめ……っ、ぎゃあ!?」
　──ドサッ！
　いきなり私と颯太の間を割くようにカバンが飛んでき

て、鈍い音とともに落下した。
　な、なに……!?
　ビックリして、飛んできた方向へ反射的に顔を向ければ。
「なぁ、結城颯太。俺にも教えろよ？」
　どこか冷たい笑みを滲ませた大魔王が君臨した。
　まだこんなことしてくるなんて、嫌なヤツ……！
「てめぇ……。あぶねーだろーが！　当たったらどーすんだよ！」
　舌打ちをした颯太は桐生秋十を睨みつけた。
「命中させるつもりだったんだけど？」
「はっ？　てめぇ、まだニーナにそんなことしてんのか？だっせぇヤツだな」
　いけいけ颯太、もっと言ってやって……！
　私は心の中で密かに颯太を応援する。けど……。
「仁菜にじゃない。今はお前に、だよ？」
「……っ」
　思いがけない発言に、私も颯太も固まってしまったのだった。
　終業式までに彼氏をつくるとか大口叩いちゃったけど、私、果たして本当に彼氏ができるのかな……？

Chapter 2

席替えと近づく距離

365日、24時間、年中無休で大嫌いです
　――だから、近づいてこないでください

「やばい!　遅刻する!　お母さん行ってきまーす!」
「ああ、待って待って、仁菜!」
　狭い玄関でローファーに足を突っ込んだところに、お母さんの慌てた声が飛んできた。
「あれ?　お母さん、今日は仕事休みじゃなかったっけ?」
　通学途中にあるオープンカフェで働くお母さんは、いつもならモーニングの始まる時間に間に合うよう、早く家を出ている。
「うん。今日は休みなんだけどね」
　疲れてるんだから、ゆっくり寝てればいいのに。
　なんて言いながらも、いつも私より先に家を出るお母さんが家にいるってだけで、嬉しかったりする。
「月曜日だから、ゴミ出ししてくれると助かるのよ。エヘへ……」
「なーんだ!　そういうことね!　はいはいー!　じゃ、ほんとに遅刻しちゃうからいってきます!」
　ゴミ出しを終えた私は全速力で学校まで走る。
　ポカポカ陽気の中をのんびり歩くカップルを見つけて、さらにスピードを上げて追い抜いた。

"彼氏"……か。
　つくるなんて宣言しちゃったけど、いったいどうしたらいいのか全くわからないや。
　手順書でもあれば簡単なんだろうけど、そんなものがあったなら世界はカップルだらけだ……。
　私ってば、つくづくバカだなぁ。
　けど、いつかお母さんに紹介したいような素敵な彼氏ができたらいいなって思うんだ。
　お母さんのことが大好きだから。
　お父さんが亡くなってから私を１人で育ててくれて、心細いかもしれなくても、お母さんは弱音も吐かずに毎日笑顔を絶やさない。
　それは、私に笑っていてほしいからなんだって、前に言っていた。
"お父さんはね、仁菜の笑った顔が大好きだったからね"
　……って。

　ギリギリセーフで教室に入ると、クラスの女子はある話でキャッキャッと盛り上がっていた。
　そして一際、女子の熱い視線が注がれているのは、まだ眠たそうに欠伸をしながらクラスメイトと話してる桐生秋十……。
　ああ、私の目には毒だ、毒……!!
「おはようー！　ねぇ、ニーナも誰と隣になるか楽しみじゃない？」

早速、ひーちゃんが私のそばへと駆け寄ってくる。
　あ、そっか……。
　今日はホームルームで席替えするって先週、先生が言ってたっけ？
「これは、いいタイミングで席替えがやってきたわね？」
「私はひーちゃんと同じがいいなぁ。教卓の前はやだけどさ……エヘヘ」
　この席替えは７月の臨海学習のグループ分けも兼ねているから、ひーちゃんと同じがいいに決まってる。
　臨海学習のグループは毎年、席の位置で決まるのだ。
「ちょっと、なにのんきなこと言ってんの！　これは恋をするチャンスでしょーが！　まったく」
「へ？　チャンス……？」
　教室の真ん中の席に着いた私は、渋い顔をするひーちゃんの言葉に首を傾げる。
「ニーナってば、ほとんど話したことない男子がたくさんいるでしょ？」
「……あ。言われてみれば、そうかも」
　私は特に気にしてなかったけど……。
「男子とまともに会話もできないままで、恋や彼氏ができると思うの？」
「お、おっしゃる通り……。でも、男子の友達なら、颯太がいるけど……」
「はぁ……。チャラ男は論外よ、論外！　新しいきっかけを作ったらどうなのってこと！」

「きっかけ……って、あれ……颯太は?」
　カバンはあるけど颯太の姿が見当たらない。
「あぁ、颯太なら隣のクラスの女子に呼び出されて消えたわ。いつものことじゃん?　チャラ男めっ」
　このまましばらく消えてればいいのに、なんて毒を吐く。
　颯太の周りにはいつも少し派手な雰囲気の女子が集まってて、みんな友達らしく、はしゃいでることが多い。
「颯太のことはいいから!　ねっ、この席替えをきっかけに、隣の席になった男子と仲良くしてみたら?」
「えぇっ?　仲良くって、いきなりハードル高いような……」
「無理にとは言わないけど、彼氏をつくりたいって言ってたわけだし、恋に発展するかもしれないよ?」
「こ、恋……」
「そう。夏休みまでに頑張るんでしょ?　それとも、考え直す気になった?」
　ちょっぴり期待を含んだ顔で私に問いかける。
　うーん……。
　唸った私は、彼氏をつくるのならまずは恋をしなきゃって、ひーちゃんに言われたことを思い出す。
「……うん!　わかった!　まずは、隣の席になった男子と仲良くできるように頑張ってみる!」
「あのねぇ。はぁ……。ダメだこりゃ。そんなに桐生くんが嫌い?　これは、もう病気ね」
　ひーちゃんは、落胆した様子でおでこに手を当てると、再び溜め息混じりに声をおとした。

恋愛未経験の私だけど、恋をするなら優しい人。
　そう……。
　桐生秋十とは真逆の、私を大切に思ってくれるような人がいい！

　そして午後、席替えが行われた結果……。
「どんな風に仲良くしてほしい？」
　神様はまたしても私に試練を与えた。
　聞こえる……。
　悪魔の声が私には聞こえる……。
　夢ならばどうか今すぐに覚めて……!!
「おい、聞いてんのかよ？」
　ギギギと鈍い音が響きそうなほどぎこちなく、隣へと首をまわす。
「仲良くしてやってもいいけど？」
　少し顔を上げて意地悪に笑う瞳とバチッと目が合えば、これは夢ではないことを実感する。
　ああ、もう最悪…………！
　待ちに待った席替えは、私の淡い期待をぶち壊した。
　隣になったのが、まさかの桐生秋十だったから……！
「ハハッ……仲良くって、なんのこと……？」
「とぼけんなよ？　今朝言ってただろ？　隣の席になったヤツと仲良くするって」
「っ、いや、アンタは対象外だから……しかもなんで知ってるの？」

仲良くなんて、してもらわなくて結構だから！
　むしろ私のことは置き物か透明人間かなにかだと思ってもらっていい！
　せめてもの救いは、ひーちゃんが２つ前の席になったこと。斜め前だからほんの少し離れたけど、臨海学習のグループが一緒なのは確定だ。
「残念だったな。俺が隣じゃ、恋にも発展しないし？　邪魔してるみたいで悪いな」
「……やっぱり聞いてたの？　ならわかるでしょ。そもそもアンタとは友達にもなれないから！」
　本当に私の目的を邪魔したいとしか思えない。
　それにこの大魔王も臨海学習で同じグループだなんて、考えるだけで憂鬱に襲われてクラクラしそう。
　文句を言ったあと逃げるように机に突っ伏した。
　……だけど。
「やっとお前が口きいてくれたのに。そんなに嫌いかよ、俺のこと……」
「っ」
「結城とは話すくせに。ほんと、お前ムカツク」
　ポツリ……と零れた声がまた、大魔王らしくない……。
　切なげに視線を落としていたのが見える。
　つい先日までは、３年以上、言葉を交わすことがなかった私達。
「っ……、だ、だって、アンタがずっと私をいじめてきたんじゃない……」

なのに、まさかそんな顔するなんて……。
なんだか逆に私が傷つけたみたいだ。
予想外のことに咄嗟に声を上げた私は、突っ伏していた体を勢いよく起こした。
「なーんてな？　冗談だ、バカ」
は…………？
「ぷっ。なんで焦ってんの？　俺のこと嫌いなんでしょ？」
こんのぉ、大魔王……!!!
怒りで血圧が上がっていく私は、机の上に乗せた拳を震わせる。
「そりゃもちろん、言うまでもないよ！」
365日、24時間、年中無休でずっと大嫌いだから！
からかうようなその口ぶりに、カッと首筋の辺りが熱を持つ。
「ついでに言うと、大嫌いな俺と臨海学習も一緒だからな？」
これはもう処刑宣告の域……。
「ほんっと嫌い！　だいたい、アンタのことが大嫌いだって、私はあと何万回言えばっ……」
「でも俺は嫌じゃないけどな」
え……？
私が反論を終える前に声が被さった。
今、なんて言ったの……？
「俺は嫌じゃないよ。お前の声が聞けるから」
「……っ」

耳を疑う私に、もう一度、今度は微かにその瞳を緩ませて笑う。
　私の声が聞ける……？
　そんな桐生秋十の柔らかな表情を私は初めて目にしたから、驚きすぎてしまって声も出ない。
　いつだって、睨んでいるような瞳が、ふわりと優しさを灯しているんだ。
「それ、からかってるつもり……？」
　今の笑みは、なに……？
　心臓の辺りがざわざわと揺れる。
　なんか、上手く言葉にできない……。
「からかってない」
　だって、これまでだって口を開けば意地悪ばかり。
　これじゃ今までの大魔王らしくないよ……。
　だから、早く……。
　早く、私の大嫌いな意地悪な笑みで「なーんてな」って言ってよ。
　そしたら私も、きっといつも通りにできる。
　ぐるぐる考えている私とは裏腹に、桐生秋十はあっさりと答えると、前を向いた。
　結局、私はそれ以上何も言えなかったのだった。

　――それからというもの。
　非常に心臓に悪いことばかりが続いた。
「ニーナこっちだ！　パスっ！」

額(ひたい)を流れる汗が眩(まぶ)しく光る颯太が、颯爽と走りながら私に向かって手をあげた。
　体育の授業はサッカーで、グラウンドを半分に分け、練習を終えたあと、本番の試合が始まった。
「っ、おい！　どこ蹴ってんだよ！」
「……ご、ごめん颯太！　ひーちゃん！　そっち行ったよー！」
　颯太ってば、授業の内でもこういう勝負ごとには本気になるんだから！
　グラウンドを走る背中を眩しく感じながら、日中の強い陽射しに肌が灼(や)けるようだった。
　はぁ……。颯太と喋るみたいに、他の男子とも喋れたらなぁ。
　相変わらず彼氏づくりになんの進展もないまま、時間だけが流れていく。
　本当にこれじゃ、彼氏なんかできる気がしない……。
「…………あっ!!　ニーナ危ない！」
「えっ!?」
　ひーちゃんの叫び声と同時、ボーっとしていた私めがけてサッカーボールが飛んでくる。
　ぎゃあああああ————!!
　——ドンッ!!
「……っ！」
　…………あれ？　サッカーボールはどこへ？
　今、確かに鈍い音が響いたけれど、私はどこも痛くない。

不思議に思い、そっと目を開く。
「ほんとお前って、反射神経鈍いよな？」
「なっ、なんで……」
　マヌケな声が零れ落ちたあと、私は目を見張った。
　見上げれば、私の目の前には太陽の光を背負う桐生秋十がいたから。
　サッカーゴールの手摺(てすり)を掴んで、ボールが飛んできた方へ背を向けていた。
　それはまるで、そうやってかばってくれたような体勢な気がして……。
「わりぃ桐生！　当たっちまった！　大丈夫か!?」
　ま、ま、まさか……。
　駆けつけた男子のひと言で、ボールの打撃(だげき)を受けたのは桐生秋十だと知った私は、ただただ驚くしかなかった。
「俺は平気。よかった。仁菜に当たらなくて」
「っ」
　──ドキッ。
　思いもよらない言葉に不覚にも胸が高鳴る。
　"よかった"……って。
　桐生秋十がそんなことを言うなんて……。
「当たったりでもしたら、もっとバカになるし？」
「はっ!?」
　あぁ……ほらね、やっぱりそういうこと言うのが大魔王なんだから。
　心の中で文句を呟けば、クスッと笑った桐生秋十と視線

がぶつかって、慌てて目を逸らす。
　なんで、何も言えないのよ、私……！
「ねっ？　今の見たぁ？」
「うん！　桐生くんって、さりげなく優しいところあるよね？　いいよねぇ、ああいう男子」
　周りの女子が色めき立った声をあげる。
　……アイツが、優しい？
　優しいっていうのは意地悪なんてしない人のこと。
　そう思ったけれど、なぜか私は、自分の心の中でもそれをハッキリと否定できず。
　かばったなんて、そんなことあるわけないんだって無理矢理言い聞かせていた……。

　——数日経ったある日の午後。
「——……菜」
　私の髪に触れる誰かの手が温かい。
　……んぅ、お母さん？　まだ寝てたいのに。
「仁菜」
　やだなぁ、お母さんってば、いつからそんな男の人みたいな声になったの？
「ん……」
　周りの声が聞こえてきて頭が半分起きてくる。
「いいのか？　起きないとキスするよ？」
　キス……。
　キス……？

キス……!?
　──パチッ!!
　悪魔の囁きみたいな声にゾワッと身震いを起こした私は、完全に目を覚ました。
　そして、私の視界に飛び込んできたのは……。
「おはよ、仁菜。すげぇ気持ちよさそうだったな？」
「……っ、ぎゃあああああ!!」
　桐生秋十の顔だった。
　なんで、コイツが…………！
　あまりの近さに悲鳴をあげるのも無理はない。
　だけど、私はすぐに我に返り、自分の置かれた状況を知ることになった。
「……にーなーみーっ!!　俺の授業中に居眠りするとは、さぞ自信があるんだろうな！」
　ヒィ……!!
　ドスンッ、ドスンッ！
　黒板の前から近づいてくるのは、学年主任も務める日本史の古田先生。
　ブルドッグみたいな顔をしているからって、ブルとか呼ばれてる古田先生に睨まれて、首を振るのが精一杯……。
「居眠りをしていないなら、今すぐこの問題を解いてみろっ！」
　うぅ……破壊力抜群の顔面だ……。
　お昼を食べてお腹いっぱいになったからついつい寝ちゃって、問題すらわからない。

目を泳がせていたその時、トンッ、とノートに指をさしたのは隣の桐生秋十。
　えっ……？
　もしや、これ……教えてくれてるわけじゃ……。
　ハハッ、まさか、ありえないって……。
　疑いの眼差しを送る私に、桐生秋十はノートと私を交互に見る。
　目で合図をしてくるけど、罠(わな)かもしれないって勘ぐってしまう。
　でも、ブルの顔面と鼻息の荒さに負けた私は、そのノートに書かれた文字を読み上げる。
「お、おう。正解だ……」
　う、嘘……当たった……!?
　ブル以上に私自身がビックリだよ。
「だが、今後はしっかり顔を上げて授業に集中するんだぞ！」
　ブルは頬のお肉を揺らしてそう言うと、のそのそと黒板の前へと戻っていった。
　大魔王はなんで……答えなんか教えてくれたの？
　おかげで助かったけど、昨日のことといい、桐生秋十は私を助けるような人じゃないのに……。
　チラッと隣を見れば、桐生秋十はもう何事もなかったかのように、頬杖をついて教科書に目を落としていた。
　そして次の日の放課後、大嫌いだと思い続けている私の気持ちを惑わせる出来事が起きた。

「だから、桐生くんは優しいと思うけど？」
「え……っ、ひーちゃん？　それは、何かの間違いじゃない？」
「ハァ？　だから、優しいって。ちょっとツンツンしてるように感じる時もあるけどさ」
　そんな、優しさがあるなんて言われても、私には到底響かないんだけど……。
「ニーナが転校してくる前……ちょっとした問題を抱えた子を助けたり。ニーナは桐生くんがこの世で一番嫌いだから、信じられないんだろうけどさ」
　信じられないっていうか信じたくない……。
　第一私は、そんな優しいって言われてる桐生秋十なんか知らないよ……あの時を除いては。
「つーかさ、優しいヤツならニーナのこといじめたりしないんじゃねぇの？」
「チャラ男は黙ってなさいよね！」
「……てめぇな。日和こそ黙ってろよ。ほんっとお前は口悪いよな？」
　舌打ちをした颯太はツンと唇を尖らせた。
「日和」
　……と、そこへ。
　下駄箱へ差し掛かる寸前で、背後からひーちゃんの名前を呼ぶ声が聞こえて、私達は振り返る。
　あ……怖そうな雰囲気を放つ彼は、確か……。
「……晴。なによ？」

そうだ、彼はひーちゃんの幼馴染だ。

無口で少し怖そうで、笑ったところを見ない。

桐生秋十以外とは誰ともつるまない、滝澤晴くん……。

「一緒に帰ろ？」

「……は、ハァっ？」

「あ、日和。また怒った顔してる」

　また、怒ってる…………？

「……別に怒ってない。それに、もう子供じゃないんだから一緒に帰らないわよ」

　まさか断るなんて予想外……。

　だって、晴くんはひーちゃんの幼馴染みで、私も小学校から一緒。

　当時、乱暴で怖いなんて言われていたひーちゃんだけど「晴、晴」って、いつもくっついてて。

　なのに中学卒業間近、なぜか２人が一緒にいるところを見かけなくなった……。

「日和、オレがあの時――」

「っ、うるさいうるさい……!!　もう、思い出したくないの！構わないでよ！」

　今度こそ、怒った顔をして叫んだひーちゃん。

「やっぱ怒ってるじゃん」

　晴くんは表情ひとつ変えずにポツリと声を落とすと、その場を立ち去っていった。

「……ひーちゃんいいの？　晴くん行っちゃったよ？」

「そうだぞ日和。アイツって、日和の幼馴染みなんだろ？

追っかけないのか？」
　私と颯太の問いかけに無言で頷いた。
　2人にはきっと何かがあったんじゃないかって思ってしまうけど、深くは聞かないんだ。
　誰だって触れてほしくないことはあるものだから。
「滝澤は日和と話したいんじゃねぇの？　前から思ってたけど、よく日和のこと見てるぞ？」
「っ、あ、アンタって、くるくるパーなわけ!?　てか、ニーナ！　日誌はもう出したの？」
「へっ？　日誌？」
「ヘ？　じゃない！　ニーナは日直でしょうが!!」
　や、やばいっ……!!
　今日、日直だったことをすっかり忘れてた！
　2人と別れ慌てて引き返した私は、もう誰もいなくなった静かな教室で急いで日誌を記入する。
　うーん……。
　今日のひと言感想って、いつも何書こうか困るなぁ。
　すると、ポケットの中でスマホが振動した。
"今日は仁菜の大好きなハンバーグです"
　可愛いウサギのスタンプつきのお母さんからのメッセージにほっこりする私。
　けど、溜め息と供に、机に伏せた私の頭に浮かぶのは桐生秋十のこと。
　隣の席になったからには今まで以上に意地悪をしてくるかと思ってたのに、それがまさか助けてもらうことになる

なんて。
　もう、２回もだ……。
　彼氏ができなかったら私に言うことをきかせるつもりなのに、一体何を考えてるんだろう……。

　ぐるぐる考えていると瞼が重くなり、そこで私の思考は停止した。……や、やばっ、私、寝ちゃってた!?
　うわぁ、暗くなってきてるし、薄暗い教室ってなんか不気味……。
　立ち上がろうとした私は、あることに気づく。
　温かくて重みのあるブレザーがかけられていた。
　これ……誰がかけてくれたの……？
　大きさからして男子のブレザー？
　微かに爽やかなシャンプーの香りが鼻をかすめる。
　い、いや、まさかアイツが…………？
　ありえない考えを振り切って、日誌に手を伸ばせば、またまた驚くことが起きている。
　さっき悩んでいた、日誌のひと言感想の欄に書かれた言葉がある。
【起こした時のお前の嫌がる顔見たかったけど、やめとく】
「…………なに、これ。バカじゃないの」
　かけられていたブレザーをギュッと握り締める。
"だから、優しいのよ。ちょっとツンツンしてるように感じる時もあるけど"
　ひーちゃんの言葉に、もしかしたら本当に優しいところ

もあるのかな、なんて思ってしまう。
　大嫌いなアイツの顔が浮かんできて、胸がトクンッと小さな音をたてたことに、私は自分でも驚いてしまった。
　だって、私にだけきみはずっと意地悪で……。
　だからこんな風にきみの意外な一面を知ると、私はどう接していけばいいかわからなくなるよ……。

お前の声が聞きたくて

――きみが優しいなんて知りたくなかった

　6月の昼下がり。
　ど、ど、どうしよう……！
　明日は学校だっていうのに、アイツのブレザーは私の部屋にかけられたまま。
　土日を挟んだせいもあり、まだ返せてない……！
「ごめんね？　日曜日だっていうのに、仕事で家にいられなくて」
　ブレザーとにらめっこをしていたら、仕事に行く支度を終えたお母さんが声をかけてきた。
「ううん。お母さんは私のために頑張って仕事してくれるんだもん。でも、あんまり無理しないでね？」
　日曜日に勤務することをいつも、心苦しいと言ってくれるお母さん。
　だけど、子供の頃から私のためにずっと頑張ってくれてることを知ってるよ。
「ありがとう。よかったわ。あ……そうそう。そのブレザー、秋十くんに早く返しなさいよ？　明日は学校じゃないの」
「うぅ……」
「本当に優しいわね、秋十くんは」
「……」

「これ、仁菜が好きそうだなって思ってたくさん買ってきたの。お礼に秋十くんにも持っていきなさいよ？」
　私の大好きなバタークッキーを、大魔王への手土産にしろと……？
　パタンと玄関の扉が閉まり、お母さんは行ってしまった。
　ま、マズイ……！　実は、お母さんは未だに桐生秋十のことをいいヤツだって思ってるから、本当の正体なんて口が裂けても言えない……。
　度々、アイツのことを聞かれるけど、私はなんとか誤魔化してるんだ。
　いくら大嫌いでも、不本意でも、借りたものはきちんと返さないとなぁ。
　でも、アイツん家に行く勇気がない……。
　困り果てた結果、このまま返さないなんてダメだよね？と、ひーちゃんにメッセージで相談すると、"有罪！"とスタンプが返ってきた……。
　腹をくくった私は渋々、ブレザーと手土産を持ってアパートを出た。
　はずだったんだけど……。
「……散歩に行ってるとかタイミング悪いよ」
　意を決して桐生秋十の家に行ってみたものの、中から出てきたのはお母さんで、当の本人は散歩に出かけてしまったらしい。
　ああ……どうしよう、このブレザー。
　私は家との中間地点にある公園のベンチに腰を下ろし

て、独り言とともに溜め息をついた。
　梅雨に入ったせいか、空はどんよりとしている。
　んー、これは夜に出直すとか……？
　いや、だったら朝イチで返しちゃうとか？
「ワンッ！」
　突然、聞こえたその声に顔をあげる。
「えっ、ルルちゃん…………!?」
　もふもふのシルバーの毛が可愛く揺れる。
　ちょっと待って……。
　ルルちゃんがここにいるってことは……。
　恐る恐る繋がれたリードを辿れば……。
「別に、返すのなんか明日でもよかったんだけど。さっき家に来ただろ？」
　ああ、なんてバッドタイミング。
　どうして今になって現れるかな、この大魔王は……。
「なんだよ？　その顔は」
　黒の七分丈にデニムを履いたその姿は、ただの普段着だとしても、悔しいけれどやっぱり様になってる。
「こ……これ、ブレザー。それから、お母さんが、このお菓子渡せって……」
　ひどい渡し方だなぁって我ながら思う。
　本当に可愛くないヤツだって。
「へぇ。それで来てくれたわけ？」
　ブレザーとお菓子を受け取った桐生秋十は、何やら得意気に笑みを浮かべて隣に座ってくる。

「っ、じゃあ、私は帰るから……」
　隣に座らないで……。
　本当は、可愛らしい瞳で見つめてくるルルちゃんを、久々に触りたかったけど、隣になんか座られたら落ち着くはずもない。
「待てよ」
「……うわぁっ!!」
　——パシッ。
　立ち上がった瞬間、手を引っ張られて、すぐにベンチへと引き戻される。
　ベンチにお尻(しり)をついたとほぼ同時に、桐生秋十の肩に私の肩が触れた。
「お前にこれ持たせるってことは、お前の母親は俺とのこと知らないんだろ？」
　ギクリッ……。
　色んな意味で心臓がドキンッと跳ねた。
「な、なっ……なんのこと？」
「とぼけんなよ。どうせ、俺のことは良く話してるんだろ？」
　当然のごとくバレてる……。
「……だって、言えるわけないでしょ？」
　自分の娘が、実はヒーローだと思っていた男の子に意地悪されてますって。
「本当のこと話せば？」
「ハァ!?　信じらんない……」
「言えないの？　だったら俺から話してやろうか？」

「ふっ、ふざけないで。どうしてそんなことが言えるの？ ほんっと、最低っ！」

　桐生秋十に向き直った私が勢いよく言った。

　すると、ルルちゃんが悲しそうに私を見上げていて、バツが悪い気持ちになる。

「俺、本当のこと話されても困ることなんかしてないから」
「……よ、よく言うよね？」

　散々意地悪してきたクセに……。

　けど、桐生秋十は真っ直ぐに私を見つめていた。

「それに……体育の時とか、古田先生の授業も……このブレザーも、優しくなんかしてくれなくていい……」

　本当はわかってるんだ……。

　桐生秋十になんて言うべきなのかを……。

「そんな優しいアンタなんて、私は見たことないから……」

　でも、私はどうしても素直になんてなれず。

「今さらなに言ってんの？　お前からすれば見たことない俺ばっかだろ？」
「……え？」
「だいたいお前は、俺の何を知ってんの？」

　ザワッと生温い風が強く吹いた。

　チョコレート色の髪がサラサラと揺れれば、大嫌いなその瞳がより鮮明になる。

「それはっ、アンタが意地悪で、いつも嫌なことばっかり言ってきて……ちっとも優しくなんかなくて……」
「確かに、お前からしたら俺は優しくなんかねぇよ。ガキ

の頃からこんなんだし?」
「……」
　ふと視線を向けた途端、伏し目がちな表情をした桐生秋十が手を伸ばしてくる。
　そして、迷うことなく私の頬にそっと触れた。
　ビクッ、と大袈裟ともとれる反応をする私を見て、桐生秋十は少しだけ困ったような表情を浮かべる。
「……変わってねぇよ。俺は、お前のことばっかり見てるから」
　——ドキッ。
　低く囁くような言葉に鼓動が加速する。
「いつになったらお前は、俺と口きいてくれんだろって」
　それは、どういう意味で言ってるの……?
「自分でもヤバいくらい。俺は今も昔もそうだから。何も変わってない」
「なっ」
　ドキンッと心臓が何度も脈打つ。
　長い睫毛が微かに揺れて、真剣さを含んだ瞳から目を逸らすことができない。
　私ばかり見てるって、なに言ってるの……?
　ほら……いつもみたいに「なーんてな?」って、言わないの?
　私のことが大嫌いなんじゃないの……?
「そんなこと言われても困るよ……私のこと、嫌いだから意地悪してき……」

「嫌いだなんて言った覚えないんだけど？」
　遮(さえぎ)るように口を挟むと、首を傾けて「ん？」と不服そうに私を覗き込む。
「……っ、とにかく！　私は困るの……いきなり、大魔王だったアンタが、優しかったり……今みたいなこと言われても、困るよ……」
　だってあんなに意地悪だったのに……。
　さっき頬に触れられたからなのか顔が熱い。
　沈黙が苦しくて何も言えない。
　もう耐(た)えられそうになくて、ガバッと勢いよく立ち上がった。
「だったら、そうやって俺のことばっかり考えて困ってれば？」
「……っ」
　背中に響いた挑戦的な台詞。
　だけど、その声は少しも意地悪く聞こえなくて。
　私は、ずっとずっと困ってるよ……。
　桐生秋十は良くも悪くも、子供の頃から私の心の中に居座り続けていて、いつだって私の悩みの種だもん。
　いつもみたいに言い返したいのに、当然ながら言葉は何ひとつ出てこない。
　私は、これ以上は耐えきれずに歩き出した。
「……ちょっと、なんでついてくるの？」
「帰り道だから」
「アンタの家はあっちでしょ……？」

「暗くなってきたし、またお前が迷子になるかもしれないし?」
「そ、それは……子供の頃の話で」
「ほら、ここにも書いてあんだろ?」
"危ない! 痴漢に注意!!"
　……という看板を不機嫌そうに顎で示す。
「家……すぐだし、1人で帰れるから」
「素直じゃねぇヤツ……」
　そんなやり取りを繰り返しながら桐生秋十と可愛いルルちゃんと歩いているから、変な感じがする。
「なぁ、無理に彼氏つくろうとすんのやめたら? 今ならなかったことにしてやってもいいけど?」
「……は? 私に彼氏ができてアンタが困る理由なんかないでしょ!?」
　てか、まだついてくるつもりなの……?
「困るよ。お前と関わらないとか、俺は無理」
「なに言って……っ、ほんと、アンタってどこまで私のこといじめるつもりっ——!?」
　反論してやろうと私が振り返ったけれど、逆に息を呑む羽目になった。
　——ドンッ。
「……おい、いきなり止まるなよ? 危ねぇな」
　目の前に桐生秋十がいて、私より背が高いから、その胸元辺りに鼻をぶつけてよろけてしまう。
　だけど、私がビックリしたのは、桐生秋十の腕に抱き止

められていたから……。
「不意打ちは反則だろ？」
「違……っ、これは……その、アンタが後ろにいるから……だから……」
「……ほんと、俺が困るっての」
「……え？　困るって」
　吐息混じりに吐き出された言葉。
　腕の中で桐生秋十を見上げると、ふいっと顔を逸らされてしまった。
　けど、私を包む腕はしっかりと固定されたまま。
「お前がこんな近くにいるせいだろ？　ふざけんなよ……」
「っ」
　私の心臓は、やっぱりどうかしちゃったみたい……。
　すごい速さでドキドキって音がしてる。
　それに、大嫌いな桐生秋十のこんな顔、見たことない。
　まだうっすら明るいせいか、その横顔が微かに赤く染まって見える。
「……俺が嫌いなら、この腕も拒めばいいだろ？」
　それはその通りだ……。
　なのに私は今の今までそうしなかった。
「ご、ごめん……っ」
　……と。発してすぐ、私は自分自身に驚いて。
　ごめん、なんて言ったことあったかなって戸惑いながら思った。
　本当に私はどうしちゃったんだろ……。

耳まで熱くなってるって、自分でわかるからなおさらだよ。
　……って、なんで何も言ってこないの？
　私はそっと、腕の中で桐生秋十を見上げた。
「……可愛い顔すんなよ、お前のクセに」
「……っ」
　どうかしちゃってるのは私だけじゃないみたい。
　眉根を寄せてそう言った桐生秋十の顔が赤く染まって見えたのは、間違いなんかじゃないって、この距離ならわかってしまう。
「ヤバ……俺、余裕なさすぎだろ」
　ぶつぶつ何か言ってるけど、なんでアンタがそんな顔してるの……？
　こんなことになるくらいなら、いつも通り憎まれ口をきかれた方がずっといい……。
「……からかわないでよ」
　パッと後ろに身体を引いて私は再び歩き出す。
　大魔王であるきみのことだから、これもからかってるだけなんだって言い聞かせながら。
　そうでもしないと、心臓が休まる気がしなくて……。
「ついてこないでよ……」
　ためらいがちに後ろからついてくる気配が、どうしても気になってしまう。
「お前って、彼氏できてもそういうこと言うわけ？」
「…………アンタだけだよ。だいたい私がどんな彼氏つく

ろうと関係ないでしょ？」
「へぇ。どんな彼氏？　父親みたいな人がタイプとか？」
「っ、な……なんで、お父さんが出てくるの？」
「学校の先生だったろ？　憧れたりしないの？」
「……」

　お父さんのことを思い出したら途端に胸がキュッと苦しくなって、誤魔化すようにさっきよりも速くアパートへ続く道を歩き出す。

　ぐんぐんスピードを上げていく。
「おい、仁菜。お前どこに帰るつもりだよ？」
「へ……？」

　気づくともうアパートの前だったから驚いた。
「なんでそんな顔してんの？」
「そんな顔って、全然……ふ、普通だよ」
「普通じゃないだろ。お前はなんで父親の話が出たら、顔が曇るわけ？　昔からずっと」
「っ」

　私は子供の頃お父さんのことを聞かれるのがすごく嫌で、その度に顔が強張っていたのを今でも覚えてる。

　まるで、本当にずっと私を見てきたみたい。

　アパートの前で向き合う形になった私と、大魔王を紫色の空が包む。

　賢いルルちゃんは、ちょこんとご主人様の足元にお座りしている。
「思い出したくない理由でもあるわけ？」

頭上から降ってきた声は苛立ってるみたいだ。
「……違う」
　はじかれたように顔を上げたけれど、全て見透かれそうな瞳に思わず俯いてしまう。
　なんで、いつもいつも、そんな瞳で私を見るの？
「だって、思い出したら……」
　心の中で呟いたつもりが、声になって零れ落ちる。
　──"先生なんかやめちゃえばいいのに！"
　遠い記憶の蓋が一瞬だけ開かれた。
「悲しいのか？」
　私の心に、私自身に問いかけてくる。
「……っ」
　ダメだ……泣きそうになる。
　こんなヤツの前では絶対に泣くもんか。
　私はそう言い聞かせたけれど。
「悲しいよな……」
　凪いだ海のように静かな声。
　まるで心の声を読み取ったみたいに。
　同時に私の頭に手を伸ばして、ポンと優しく触れる。
　そっと包み込むように優しく……。
　喉の奥がギュッと苦しくなって堪らなくなる。
「……やめてよ」
　その手から逃げるように体重を後ろへとかける。
「そうやって強がってばっかだと、心配になるんだけど？」
　なに言ってるの……？

「……っ、心配なんて、しないのがアンタでしょ?」
　最近の桐生秋十が、明らかに今までと違うことに、すごく戸惑ってばかりだ。
　ひーちゃんの言うように優しいなんてことを、私は認めたくないからかもしれない。
「ちょっ……」
　くしゃり、と……。
　今度は髪を撫でられて、もう意味がわからない。
「意地っ張りだよな、お前は……」
　くしゅくしゅと髪に触れながらフッと笑う。
　桐生秋十は今までにないくらい柔らかな表情をしていて、私の心はゆらゆら揺れる。
「ガキの頃から意地張りすぎだろ？　本当は、泣きたいくらい寂しいクセに」
　なんで、アンタがそんなこと言ってくるの。
　なんで……。
「泣きたいなら泣けばいいのに。素直になれよ？」
　世界で一番大嫌いなきみの声が、優しく聞こえるんだろう。
　たちまち目の奥が熱くなった。
　泣かないって決めたはずなのに、そんなことを言われたら、堪らなく泣きたくなってしまう。
　ふわり、と。
　桐生秋十の黒い瞳が優しく緩む。
　再び伸ばされた大きな手は私の髪をそっと撫でる。

「俺は、そういうお前がほっとけないんだけど、どうすればいいわけ?」
「ほ、ほっとけないって……アンタがそんなこと言うなんて、おかしいよ……」
　憎まれ口でもきかなきゃ、今度こそ本当に泣いてしまいそうだった。
　ただただ驚きに染まる私は、桐生秋十が否定するのを数秒待っていたけど、視線は変わらずにじっと私を見つめていた。
「もっとわかりやすく言った方がいい?」
「……そ、そうじゃない。てか、そういうこと、誰にでも言ってるんでしょ……?　ほんと、ありえ……」
「お前にしか言ってない」
　真っ直ぐな視線はいつになく真剣だった。
「わ、私は……っ、アンタのことが嫌い……」
「わかってる。もう聞き飽きたっつーの……」
　悲しげに笑う顔が、傷ついているみたいだった。
　それを見てズキッと胸が痛くなったのは初めて……。
「私にしか言わないって、どういう意味……?　私のことおかしいって言ったけど、今日のアンタこそ、なんか変だよ……」
　意地悪ばかりされてきた私と、絶対君主の大魔王の桐生秋十。
「わかんないの?　いい加減、気づかないわけ?」
　ジリジリと距離を詰めるからアパートの塀(へい)に背中が当

たって逃げ場をなくす。
　ちょ、ちょっと、近いって……！
「なぁ、どうなんだよ？　わからせてやんなきゃ気づけない？」
　そして、私の頭の横にトンと片手をついて、整った顔を傾ける。
「いやだから……っ、ちょ、近い……っ！　ほ、ほら！　ルルちゃんが、見てる……！」
「大丈夫。いい子だから誰にも言わない」
「っ、バカ！　バカ……！」
　精一杯の抗議の声も大魔王相手じゃ通らない。
「はっきり言ってやろうか？」
　クスッと口角を上げる桐生秋十から逃げるようにルルちゃんを見る。
　ルルちゃんはうるんだ瞳をパチパチとさせておすまし……。
「だから俺は、お前が……」
　私は心の中で悲鳴をあげて、耐えきれずにギュッと目を瞑る。
「なーんてな？」
「……はっ？」
　身体を引き離した桐生秋十はニヤリと笑ってて、対して口をポカンと開ける私は、ものすごいマヌケ面をしていると思う。
「期待した？」

期待した？　じゃないでしょうが…………!!
「こんのぉ、大魔王……っ!!!」
　ああ、やっぱりそうだよね……!?
　この男はこういうヤツだったじゃん。
　今のは新手の意地悪なんだって、どうしてもっと早く気づかなかったかな、私は。
「顔、真っ赤」
「うるさい……っ!　最近やたらと声かけてくるけど、なんなの!?　邪魔したり、からかうため？　だったら声なんてかけてこないでよ……」
　ほんと、立派な迷惑行為だよ……!!
「お前が無視すんのがいけないんじゃない？」
「……なに、それ？」
　そんなの当然でしょ……？
　小学校時代に散々な意地悪をされ続ければ、中学３年間、誰だって口もききたくなくなるってもんだよ。
「だから、お前が俺と口きかないからだって」
　それなのに怒って言い放った私とは裏腹に、涼しげな表情をした桐生秋十が笑みを漏らす。
「私が口きかなかったから？　意味わかんない……」
　私が桐生秋十の前を立ち去ろうとした瞬間…。
「お前の声が聞きたくて仕方ないんだから、しょうがないだろ？」
　──ドキッ。
　なんの迷いもなく発された言葉に、呼吸すら忘れてし

まった私……。
　どれだけ私をからかえば気が済むの……？
「……あ、頭でも打ったの？」
「そう言えば、お前は納得すんのか？」
「す、するよ……するする。だって、それ以外の理由で、アンタがそんなこと言うわけないもん……」
　もう……。顔がまともに見れないなんて、情けないよ私。
「ふーん。茹でダコみたいな顔してるぞ？　さっさと家ん中入れば？」
　視線の定まらない私を見て、クスッと笑った声が飛んでくる。
「っ、あ、アンタこそさっさと帰ったら!?」
　今度こそ本当に踵を返した私は、大袈裟に足音をたてて家のドアへと向かう。
　やっぱり、桐生秋十は、どうかしてるよ……。
「言われなくてもそうするつもり」
　背中に聞こえてきたその声に私は振り返らず、しばらくその場に立ち尽くしていた。
　そして、気配が消えて振り返った時には。
　桐生秋十とルルちゃんはもうその場にはいなくて、街灯がチカチカ光っていた。
　その時、私は思い出す。
　初めて桐生秋十に出会った日のことを。
　今日みたいに、気づいたらもう家のそばまで来ていて、それが桐生秋十のおかげだったこと。

けど、振り返った時にはもう姿がなかったっけ。
　──パタンッ。
　家の中へ入り、私はその場にヘタリと座り込んだ。
　なんて1日だったんだろう……。
　ここのところ自分にそんなことないって頑なに言い聞かせてきたけど、大嫌いなアイツが、優しいヤツだって知ってしまったみたい……。
　まだ、胸の高鳴りが止んでくれない。
　こんなにドキドキした日曜日は、初めてだった。

意地っ張りにお誘い

　——あの頃、意地悪だったきみが
　私へどんどん近づいてくるのはどうして？

　なんなの……なんなの!?
　"お前の声が聞きたくて仕方ないんだから、しょうがないだろ？"
　なんなのよ、あの台詞は……。
　アイツが優しいことを言ったり私をほっとけないなんて言い出したり、やっぱり変だ。
　だったら今までの意地悪な大魔王はなんだったの？
「おい、聞いてんのかって？」
　——ドキンッ!!
　答えの見えない考えを巡らせていると、隣からアイツのふてぶてしい声が飛んでくる。
　思わず、心臓が大きく跳び上がってしまった。
「な、なに…………？」
「だから、それ。取れって言ってんだよ」
「……え」
　次の日の数学の授業中、私のノートの上に転がる消しゴムを指さした。
「あ……消しゴムね……」
　……って。お願いだから早くあっち向いてくれないかな。

視線、感じるんですけど。
　なんでずっとこっち見てくるの……？
「お前、朝から俺のこと避けすぎだろ？」
「えっ」
　それは事実だけど……。
　だって私はアンタのことがわからないから、こうやってずっと考えちゃって、どう接したらいいか困ってるんだよ。
　今までみたいに無視を決め込めばいいけど、どうしてかそれができなくなっちゃって……。
「おい、仁菜？　こっち向けよ」
「や、やだよ……！」
「向けって言ってんの」
　……と。
　机の下でＹシャツの袖を引っ張ってきて、つられるように隣へと目線を移せば、パチっと目が合ってしまった……。
「お前、なんか変」
「私が変……？」
　眉根を寄せた桐生秋十の黒い瞳が訝しげに私を見つめていて、たちまち頬が熱を帯びる。
　……私、本当におかしいんじゃない？
　昨日の出来事のせい？
「熱でもあんのか？」
　スッと伸びてきた手は私のおでこに触れる。
「ひゃっ……」
「……熱はないな」

——ドキッ。
　パッと手を放した桐生秋十は、ちょっと考える素振りをした。
　なんで、こんなヤツに私の心臓は反応してるの？
　いやいや、今のは予想外のこと。
　不可抗力ってやつで……。
　言い訳じみたことを重ねていれば数学の授業は終わりを迎え、休み時間へと突入した。
「ニーナ、ひでぇ顔。寝不足か？」
　くるりと椅子ごとこっちを向いた颯太は、私の前の席だったなぁ、なんてそんなことを思った。
「そう……全然寝れなくて……」
「眠れないくらい俺のこと考えてたの？」
　え……？
　隣から爆弾を投下してきたのは、言うまでもなく桐生秋十だった。
「ち、ち、違うから……！　自意識過剰なんじゃないの!?」
「ぷっ。過剰反応するってことは、図星？」
　そうやってからかって楽しんでるのか、鼻で笑う桐生秋十は立ち上がり、私を見下ろした。
　この大魔王は……っ！
　そういうこと言うの本当にやめてほしい。
「おい……桐生、お前さ？」
　今のやり取りを見ていた颯太が私の机に肘を乗せ、晴くんと去っていこうとした桐生秋十を引き止めた。

愛読者カード

お買い上げいただき、ありがとうございました!
今後の編集の参考にさせていただきますので、
下記の設問にお答えいただければ幸いです。よろしくお願いいたします。

本書のタイトル(　　　　　　　　　　　　　　　　　　　　　　　　　　)

ご購入の理由は?　1. 内容に興味がある　2. タイトルにひかれた　3. カバー(装丁)が好き　4. 帯(表紙に巻いてある言葉)にひかれた　5. 本の巻末広告を見て　6. ケータイ小説サイト「野いちご」を見て　7. 友達からの口コミ　8. 雑誌・紹介記事をみて　9. 本でしか読めない番外編や追加エピソードがある　10. 著者のファンだから　11. あらすじを見て　12. その他(　　　　　　　　　　　　　　　　　　　　　　　　　　)

本書を読んだ感想は?　1. とても満足　2. 満足　3. ふつう　4. 不満

本書の作品をケータイ小説サイト「野いちご」で読んだことがありますか?
1. 読んだ　2. 途中まで読んだ　3. 読んだことがない　4. 「野いちご」を知らない

上の質問で、1または2と答えた人に質問です。「野いちご」で読んだことのある作品を、本でもご購入された理由は?　1. また読み返したいから　2. いつでも読めるように手元においておきたいから　3. カバー(装丁)が良かったから　4. 著者のファンだから　5. その他(　　　　　　　　　　　　　　　　　　　　　　　　　　)

1カ月に何冊くらいケータイ小説を本で買いますか?　1. 1〜2冊買う　2. 3冊以上買う　3. 不定期で時々買う　4. 昔はよく買っていたが今はめったに買わない　5. 今回はじめて買った

本を選ぶときに参考にするものは?　1. 友達からの口コミ　2. 書店で見て　3. ホームページ　4. 雑誌　5. テレビ　6. その他(　　　　　　　　　　　　　　　　)

スマホ、ケータイは持ってますか?
1. スマホを持っている　2. ガラケーを持っている　3. 持っていない

学校で朝読書の時間はありますか?　1. ある　2. 今年からなくなった　3. 昔はあった　4. ない

ご意見・ご感想をお聞かせください。

文庫化希望の作品があったら教えて下さい。

学校や生活の中で、興味関心のあること、悩みごとなどあれば、教えてください。

いただいたご意見を本の帯または新聞・雑誌・インターネット等の広告に使用させていただいてもよろしいですか?　1. よい　2. 匿名ならOK　3. 不可

ご協力、ありがとうございました!

郵便はがき

お手数ですが
切手をおはり
ください。

104-0031

東京都中央区京橋1-3-1
八重洲口大栄ビル7階

**スターツ出版(株) 書籍編集部
愛読者アンケート係**

(フリガナ)
氏　名

住　所　〒

TEL　　　　　　　　　　　　携帯／PHS

E-Mailアドレス

年齢　　　　　　　　　　　性別

職業
1. 学生 (小・中・高・大学(院)・専門学校)　　2. 会社員・公務員
3. 会社・団体役員　4. パート・アルバイト　　5. 自営業
6. 自由業（　　　　　　　　　　　　　　　）　7. 主婦　　8. 無職
9. その他（　　　　　　　　　　　　　　　　　　　　　　　　　）

今後、小社から新刊等の各種ご案内やアンケートのお願いをお送りしてもよろしいですか？
1. はい　　2. いいえ　　3. すでに届いている

※お手数ですが裏面もご記入ください。

お客様の情報を統計調査データとして使用するために利用させていただきます。
また頂いた個人情報に弊社からのお知らせをお送りさせて頂く場合があります。
個人情報保護管理責任者:スターツ出版株式会社 販売部 部長
連絡先:TEL 03-6202-0311

「あんま暴君だと、好きになってもらえねぇよ？」
　やけに皮肉じみた口調の颯太は意味深に笑った気がした。……だけど。
「友達の壁ぶっ壊せないお前よりマシだと思うけどな？」
　挑戦的な台詞を吐いて去っていった大魔王に、颯太は「クソっ」と言って舌を鳴らした。
　友達の壁……？
　私にはイマイチ理解ができず。
　それよりも最近、桐生秋十が私へ発する言葉に反応してしまう自分に驚いてばかりだった……。
　もう、席替えしてください、先生。

「つまり、桐生くんのことばっかり考えて眠れなかったってわけね？」
「……ちょ、ひーちゃんっ!!　声でかいよ！」
　それにその言い方は誤解を招くってば！
　あわあわする私は肝心の桐生秋十の席が空席のままであることに、ホッと胸を撫で下ろす。
　昼休みのランチタイム。
　ひーちゃんに昨日のあの出来事を聞いてもらってたところだ。
「それで？　桐生くんは明らかにおかしいと？」
「だって……今までずっと嫌なヤツで、意地悪ばっかりしてきたのに。いきなり心配したり、授業中に助けてくれたり。私のこと、見てたとか……」

「桐生くんがニーナを見てたのは小学校の時からじゃん」
「けど、ほっとけないとか……それに無視してきた3年間のことも気にしてるみたいで……」
　言動が明らかに変わりすぎっていうか……？
「単純にニーナと話せて嬉しいからじゃない？」
　ひーちゃんは別に驚きもしない。
　むしろ桐生秋十を支持するみたいな……。
「嬉しいなんてそんなこと思うようなヤツかな？　どういう風の吹き回しなんだろう。なんか、企んでるって言われたら納得できるのに……」
「あぁ、でも。企んでるって言われたらそうかもね？　ニーナに彼氏ができないように……とか？」
「で、でもね？　自分で言うと虚しいけど、今のところ私に彼氏ができる気配なんか、全くないんだよ!?」
「うん、欠片もないわね！」
　即答か────いっ！　グサッときたよ、今……！
「できたとしても数年後くらいとか？」
　否定してくれない上に絶望的な台詞すら言うなんて、さすがひーちゃんは毒舌だ。
「うぅ。ひどいよ、ひーちゃん……」
「あはは！　ごめんごめん。冗談よ。ただ、桐生くんは奇跡的にでも、ニーナに彼氏ができたら相当困るんだなぁって思ってさ？」
　なんだかひーちゃんってば楽しそうじゃない……？
「そんなのあるわけないじゃん……。あの大魔王が困るな

んてさ」
「いや……困る理由しかないんじゃないの？」
「え？」
　タコさんウインナーをもぐもぐする私に、溜め息をついて項垂れた。
「まぁ、わからなくても仕方ないか。散々意地悪されてきたら……ね？」
　ん？と、ひーちゃんの独り言に私は首を傾げる。
「ていうか、ニーナ。矛盾してると思わない？　桐生くんとは、二度と関わりたくないんじゃなかったの？　それなのに、かなり進展してない？」
　眉をピクピク上下させるひーちゃんに、タコさんウインナーを喉に詰まらせそうになる。
「関わりたくないけど……でもアイツが……っ」
「桐生くんがなに？　気になるんでしょ？」
　私が桐生秋十を、あのいじめっ子を、絶対君主の大魔王を……？
"だったら、そうやって俺のことばっかり考えて困ってれば？"
　アイツの声が耳元で再生される。
　なんで私がこんなに困らなきゃいけないの！
　これじゃアイツの思うツボじゃない！
　ぶんぶんぶん！と首を高速で横に振る。
「冗談じゃない！　私は素敵な彼氏をつくる……あんなヤツのことで私の目標が断たれてたまるかって……」

「はいはい。でもね、ニーナ？」
　ひーちゃんはちょっぴり真剣な顔をして、私に言ったんだ。
「恋の相手は選べないよ。どんなに嫌いだって思ってても、気づいたらもう、恋におちてるんだから……」

　あのー、恋ってなんでしょうか……？
　全国の乙女の皆様はどのようにして恋におち、どのように彼氏へと発展したの？
「仁菜ー！　もう食べないならお皿下げちゃうわよ！　まったく、全然片付かないじゃないの！」
　お母さんの晩ご飯を残すほど私は重症なのかな。
　彼氏をつくりたい気持ちは変わらないけど、まずは恋する相手がいないと始められないって思っていて。
　なのになんでアイツのことが気になってるんだろ。
　ひーちゃんには全力で否定しつつも、ふとした時に、桐生秋十のことが頭の中に浮かんでくるなんて。
　アイツが優しいと私は困ってしまうんだ……。
　それに肝心な恋の予感がまるでない私は、頭を抱える一方だった。

　けれど、神様は私を見捨てていなかったらしい！
　それは次の日のホームルームで臨海学習のしおりが配られた放課後に、突如やってきた。
　7月には1泊2日の臨海学習か……。

日が経つのは早いなぁ。
　なんだか気が重いよ……。
「その顔じゃ彼氏できそうにないんだろ？」
　で、で、出た……!!!
　しおりを眺める私に、人の心情を知る由（よし）もない大魔王は、無神経に問いかけてくる。
「ほっといてよ……期限は、終業式までなんだから」
「意地っ張り。降参すればいいのに」
「……し、しないよ。私はアンタと、過去とも決別したいって言ってるでしょ!?」
　そうだよそうだよ……！
　私には重大な目的があるんだからね！
「精々頑張れよな」
　この通り桐生秋十は人の気持ちも考えないような大魔王で、その言動に私が心を乱されるなんてことは……。
「俺は嫌だけど。お前に彼氏できんのが」
「な……っ」
　ドキリ……。
　ああ、また心臓がおかしな音をたてる。
　私は頬に熱が集まっていくのがわかって、たちまち焦りだした。
　ひーちゃんが言っていたことが命中してるよ。
　この大魔王は一体何を言ってるの……？
　私のこと振り回してるの？
　なんで、そんな切なげな表情をしてるの……。

「なんつー顔してんだよ、お前は。冗談だ……バカ」
　コツン、と。
　固まっている私のおでこを手の甲で軽く叩いた。
「ハハッ。わ、わかってるよ……」
　そんなこと本気で言うわけない……。
　わかってるのに私は何を焦ってるんだろう。
　私を叩いたその手の甲で口元を隠す桐生秋十は、目を伏せる。
「……蜷深」
　……と。
　その時、背後から声をかけられた。
「えっと、確か……山本くん？」
　振り返るとクラスメイトのスポーツ男子、山本くんが出口の扉から中へ入ってきてニコリと笑った。
「あのさ、明日一緒に帰らない？」
「えっ……!?」
「いきなりごめんな？　でもオレ……前から蜷深と話したいなぁって思っててさ」
　ポリポリと頬を掻くと、照れたように笑った。
　私と一緒に……？
　私と話したいと思ってた……？
「あ……ダメだったかな？」
　まだ、挨拶程度しかしたことない山本くん。
　突然のお誘いに私の呼吸はフーフーと荒くなるから、危ない人物だと思われる前に慌てて息を整えた。

「わっ……私なんかで、よかったら‼」
「あはは！　うん。蜷深がいいんだよ。じゃ、オレ部活いくわ！　明日の放課後な！」
　山本くんは運動部に所属してるみたいで、スポーツバッグを肩にかけ直し教室を出ていった。
　こ、こ、これは、緊急事態……！
　まさか、こんな風にお誘いを受ける日が来るなんて、夢にも思ってなかったから。
　これぞまさにひーちゃんが言っていた、男子と仲良くなるきっかけってやつなんじゃないかな？
　突然舞い降りたチャンスに胸が踊り出す。
「なに浮かれてんだよ、お前は」
「うっ……」
　私の宿敵がまだ教室にいたことを忘れてたよ。
「別に浮かれてないよ……ただ、誘われたことが初めてだし、素直に嬉しいだけで……」
「嬉しいとかよく言うよな。ほんとムカツク。俺の前では素直じゃないクセに？」
　不機嫌な声が反響したように、眉の皺(しわ)がいっそう深く刻まれていく。
「な……なんなの？　やっぱり最近変なのは、私じゃなくて、アンタだよ……」
「俺が変だったら何？」
　そう言って私の前へ一歩踏み出してくる。
「っ、だから、困るの……アンタがずっと意地悪しかして

こなかったのに、急に優しかったり怒ったり、訳のわかんないこと言ってきて……変だよ！」

　言いながら反射的に後ずさりをしてしまう。

　私のことが大嫌いならほっといてよ。

　大魔王はどんな時も大魔王のままでいてくれなきゃ、私はこんなに困ってばかりなんだって初めて気づく……。

「山本と帰るのか？」

「帰るよ……せっかく誘ってくれたんだもん」

　答えた時には背中が壁へピタリとついた。

　目の前には、心当たりは全くないのに、なぜか怒りを宿した桐生秋十が私を見下ろしている。

「アイツはやめとけ」

　え……？

　戸惑う私をよそに問答無用で近づいてくる桐生秋十は、いつもよりも低い声を放った。

　やめとけって、山本くんのこと……？

「ちょっと、なんで……そんなこと言われなきゃいけないの？　それに、やめとけって……ただ一緒に帰るだけなのに……」

　何も始まってもないのに、アンタにそこまで言われたくない。

「ムカつくから。それにアイツは最低な男だぞ？」

「や、山本くんが？　そんなのわからないでしょ？」

「わかるっての。お前が知らないだけだろ。堤の時みたいに痛い目見ても知らねぇからな？」

得意気(とくいげ)に発すると、じりじりと距離を詰めてくる。
　痛い目って……。
　そんなことは、とっくに颯太からも釘を刺されているわけで。
　というか、桐生秋十には言われたくない。
「それも……優しさのつもり？」
　──ドンッ！
　足元からゆっくりと視線を上げたと同時に、桐生秋十は私を囲うように壁へ両手をついた。
　ビクッ、と肩が大きく跳び上がり、みるみるうちに身体が強張っていく。
「俺はそんなに優しくないけど？」
「っ」
　低く、うなるような声音に息を呑む。
　視界いっぱいに桐生秋十の怒りに満ちた顔が広がって、金縛(かなしば)りにあったように動けない。
「……だ……だったら、ほっといてってば！」
「お前がバカだからほっとけないんだよ」
「ば、バカ……？　なによ。アンタみたいな大魔王より、山本くんの方が数倍いいに決まってる！」
「なんとでも言え。お前が本気で恋するって言ってんなら、なおさら俺は諦める気なんかねぇよ？」
　閉じ込められた腕の中、心臓の音がやけにうるさくて苦しい。
「……意味わかんない。諦める気ないって、なに？」

前髪の隙間から覗く黒い瞳は、私を射るように見つめている。
「仁菜のこと」
　視線と視線が交差した直後。
　強い意思を込めたように桐生秋十が答えた。
　ドキンッ、と心臓がざわめきだす。
　私のこと…………？
「やめてよ、そんな冗談……全然、笑えない」
　やっとの思いで発した声が消え入りそうだ。
　……だけど。
　冗談なんかじゃないって、桐生秋十の瞳が私に訴えている。そうやって、どんどん近づいてくる桐生秋十に、やっぱり私はずっと戸惑ってばかり。
　何か企んでるならそう言われた方がいい。
「冗談？　俺は本気だけど？」
　もう、鼓動の加速が止まらなくて、痛いくらいだった……。
「お前のことずっと見てきたのに、今更諦める気なんかねぇよ」
　胸の奥が苦しくなるのは、いつも、いつも。
　いじめっこのきみのせいだ……。
　きみとの距離が縮まるほど苦しくなる。

邪魔するきみが優しくて

諦めてほしい私と、諦めてくれないきみとの関係が
――変わる予感がする

　あー、雨降りそうだなぁ。
　傘を持たずにアパートを出てもうすぐ学校に着くっていうのに、急に曇り出すなんてツイてない。
　昨日のアイツの台詞が頭から離れなくて、夕飯の時も「学校で何かあったの？」って、お母さんに心配させちゃった。
　諦める気なんてないって。
　そんなこと何を思って言ったんだろう……。
　子供の頃も、俺に勝てるわけないとか得意気に言ってきたっけ。
　あの頃と今じゃ全然違うけれど……。
　とにかく、山本くんと帰る約束をした今日の放課後は、どうか雨が降りませんように。

「山本と帰るってどういうことなのよ!?」
「どっちが誘ったんだよ？　お前か？　それとも山本か？」
　ここは取り調べ室ですか、刑事さん……？
　たった今自分の席に着いたところなのに２人の顔に挟まれてしまった。
　それも昨日の夜、明日は山本くんと帰ることになったっ

て、ひーちゃんと颯太にメッセージで報告した結果だ。
【明日、大至急報告せよ！】
　そんな返信が来ていて今に至る……。
「えと、昨日いきなり誘われて。だから、今日は山本くんと帰ることになってて」
「嘘……。ニーナのこと誘うなんて、どういうつもりかしら？」
「ちょ、ひーちゃん！　それはどういう意味……？」
　すると、仏頂面した颯太が割って入ってくる。
「山本って、こないだまでサッカー部のマネージャーと付き合ってたろ？　結構おとなしい女子」
「え……？　それは知らなかったよ」
　そもそも、山本くんがサッカー部に所属してることすら今知ったくらいだし。
「噂じゃ、かなり強引なとこがあるみたいだし……なぁんか、やめといたらって思うのはわたしだけ？」
「そんな！　ひーちゃんまで大魔王みたいなこと言わないでよ……ようやくきっかけができたのに」
「え？　なに？　桐生くんに何か言われたの？」
「いや、えっと……」
　２人の視線がジーッと私に浴びせられる。
　白状するしかないと悟った私は、山本くんはやめとけって言われたことを正直に話した。
「ふぅん。相変わらずだね、桐生くんは」
「相変わらず？」

「だからニーナのこと気になるんでしょ？　別に、悪いことではないじゃない？」
「でも、私は困ってるんだよ……上手く言えないけど、アイツのせいで、私まで調子狂うっていうか……」
　アイツの言葉も、アイツ自身も。
　ぐいぐい私へと押し寄せてくるから戸惑ってばかりで、いつもの憎まれ口も出てこない。
「ほら。ニーナだって、桐生くんのこと気になってるじゃん？」
「なっ……！」
「当然じゃない？　桐生くんは、ニーナのことばっかり見てるの、わたしにはわかるもの……」
　ひーちゃんのいつになく真面目な声に、私は何も言い返せなかった。
「ハァ？　暴君がニーナのこと好きなわけねぇだろ？」
　本当に、颯太の言うように私を好きなんてことはありえないと思う。
　いじめる対象としては絶好の獲物だったのかもしれないけど。
　だけど桐生秋十の言葉や真剣な眼差しが気になってしまうのは、もう否定できそうにない……。
「つーか、ニーナにはオレがいるだろ？　彼氏つくるとか暴走すんのはやめろって、な？」
　いたずらっこみたいな目をして笑う颯太。
「……やだよ。そんなチャラいこと誰にでも言ってると、

颯太こそ彼女できないよ?」
「あ? ニーナ、てめぇっ」
　なんて、怒ったフリをした颯太は私の頬っぺたを摘んでくる。
「あーあ、可哀想なヤツめ」
「っ、うるせぇな、日和は。お前こそあの日以来、滝澤とはどーなんだよ? 授業中も滝澤ばっか見てんじゃねぇか? ほんとは気にな……」
　ベシッ!!
　ひーちゃんの平手が颯太の顔面を直撃した。
　かなり痛そうだけど、めりこんでない?
　ひーちゃんと晴くんのことは気になるけれど、安易に聞けるような感じがしないし、何かあるのならいつか話してくれるのかなって思う。
　それに私だって、ただ単に決別したいってだけじゃなくて、恋をしてみたいって気持ちはあるんだ。
　好きな人がいるってどんな気持ちなんだろう。
　そういえばひーちゃんは、"恋の相手は選べない"なんて言っていたけど、私にはイマイチわからないや。
　今日も颯太とのバトルに圧勝したひーちゃんをチラリと見ると、どこかを見つめていた。
　その視線を辿れば晴くんがいて……。
「アキ、寝不足?」
「ああ。ルルがひっつくから暑くて寝れないんだよ」
　寝癖ついてる……。

授業中も眠そうにしてて瞼が閉じそうだったし。
　って……私、なに見てるの？
　気づくと、私は桐生秋十を見つめていたことに驚いて、慌てて視線を戻したのだった。

「蜷深！　ごめん、待った？」
「う、ううん！　全然！　少しもっ！」
　遂に山本くんと帰る放課後がやって来てしまった！
　変な緊張感と急に降りだした雨のせいで蒸し暑くて、脇汗が……。
「あはは！　って……雨降ってきたなぁ。蜷深、傘持ってきた？」
　靴を履き終えた山本くんが私へ問いかける。
「じ、実は、私傘持ってくるの忘れちゃって……」
「じゃ、オレの傘に入りなよ？　ほら」
　……と。
　昇降口へ出ると青い傘を広げて手招きした。
　こ、これは、相合い傘では……!?
　躊躇ったものの、一緒に帰る約束をしたのに入らないなんて、おかしいよね？
「ありがとう、山本くん……お言葉に甘えて」
「どーぞどーぞ！」
　他愛もない会話をしながら雨道を歩いた。
「へぇ。蜷深って、小学校の時に引っ越してきたんだ？　しかも、林町ってわりと近いじゃん！」

「うん。自転車でも行けるかも」

　そんな話を皮切りに、ブルこと古田先生の愚痴や、サッカー部の練習メニューがキツいとか、夏休みに河川敷で夏祭りがあるとか。

　そこからは一方的に話してくれるから、おかげで会話に困ることはなかったけど。

　私、さっきから「うん」とか「そうなんだ」しか言ってないんじゃ……？

　颯太以外の男子とは滅多に話さないから、私が免疫なさすぎなだけなのかもしれない。

「蜷深ってさ、今は彼氏とかいんのかよ？」

「え!?　か、彼氏なんて、私は一度もできたこともないよ……」

「だよな？　前に富樫と話してたもんな？　つか、いたらお前、オレと帰ったりしねぇよな？」

　お、お前って……。

　山本くん、なんだかさっきから口調が荒々しいような気がするのは気のせいかな……？

　それに歩くペースが速くて雨に濡れてしまう。

「うっわ……」

「えっ？」

　ドン引きな顔で足を止めた山本くんに言われて見つめた先には、お母さんの働くカフェが見える。

　そしてお店の入り口付近には中年の男性を見て、深々と頭を下げるお母さんの姿があった。

その光景はどう見ても、謝罪をする店員さんと、怒っているお客さんだ。
「見てよ、あの店員のおばさん。怒られてるって感じ？」
「……っ」
「オレらの親と同じくらいの年じゃね？」
「……」
「もしあの人が俺の母親でさ、友達と一緒にいる時に見られちゃったら、オレ、恥ずかしくて逃げ出したくなるかも……ははっ！」
　ヘラヘラと笑って罵倒(ばとう)する山本くんの言葉の数々が、私の心に容赦なく突き刺さった。
　けど、痛くなるほど握り締めた拳が震えて……。
「あの人、私のお母さんだよ……」
　口をついて出た声は、自分でも驚くほど冷たく感じた。
「は……？　お、お母さ…ん……？」
　振り向いた山本くんは目を見開いて私を見る。
　ドクドクと脈打つ心臓の音が暴(あば)れ出して、どうにもこの怒りを抑えきれそうにない。
「っ、……お母さんの悪口言うなぁあああああ‼」
　もう我慢なんてできない‼
　いいや……する必要なんてこれっぽっちもない！
「お、おい？　にな、み……？　どうし……」
「恥ずかしい？　逃げ出したくなる？　なんにも知らないクセに、勝手なこと言わないで！」
「……はっ？」

突然、傘の中から勢いよく身体を引いた私が大声で叫ぶから、山本くんは顔をひきつらせる。
　けど、私はもうブレーキが効かない車みたい。
「お母さんがどんな思いで働いてるかなんて、わからないでしょ!?　弱音ひとつ吐かずに頑張ってるんだから……口紅だってすり減っても、我慢して使ってるんだからね……」
　お母さんという人はみんな、子供のために、家族のために頑張ってるんじゃないのかな……。
「し……知るかよそんなこと！　てか、いきなりなんだよ!!　頭おかしいんじゃねーのか!?」
「おかしくていい……っ、それに、逃げ出したくなるなんて、簡単に口にしないで……」
　本当に私はどうかしてるのかもしれない。けど、軽々しく口にしたその言葉がどうしても許せなかったのは、お父さんのことを思い出したからだろうか……。
　どんなに願っても、明日を生きていきたかったお父さんに、もう二度と会えないからだろうか。
「ハッ！　キモっ。偽善者が。オレがなんて言おうと勝手だろ！」
「……じゃあ、家族の前で言ってみなよ……その言葉がどれだけ悲しいか」
　──ダンッ!!
「黙れよ……このバカ女が！」
　胸ぐらを思いきり鷲掴みにされた私は力任せに電柱へと押しつけられた。一瞬、息ができなくなるくらい、背中は激

しい痛みを負う。
「勘違いしてんなよ！　オレはな、お前が彼氏つくるとか言ってたから声かけてやったんだよ？　キスもさせてくんねぇ彼女を捨ててやったとこだったしな」
　それって、サッカー部のマネージャーのこと？
「っ、や、山本く……最低！」
「ハァ？　教室で彼氏欲しい発言してる時点で、誘ってくださいって言ってるようなもんだろ？　アピールしてたクセに」
「ちがっ……」
　私はなんてバカだったんだろう。
　そんなつもりなんかじゃないのに、うかつに話していたなんて、本当にバカだった。
　今さら後悔しても遅くて、傘を高くした山本くんは私を睨みつけ、歪んだ唇を寄せてきた。
「お前もアレだろ？　そういうことしたいんだろ？　ならオレが、まずは優しくキスでもしてやろうか……？　ククッ……」
「……っ！」
　喉の奥で笑った顔を近づけてくる。
　身体を動かしても到底力では勝てるはずもない。
　ただただ恐怖に襲われたまま、立っていることが精一杯だった……。
「……オレが声かけてやっただけでも、ありがたく思えよな！　俺からしたらお前なんか、そんなに可愛くなんか

ねぇし!」
「俺は可愛いと思うけど?」
　——その声は、強さを増す雨の中でも、私の耳に確かに届いた。
　無意識に閉じた目を開けば、傘をさした山本くんの背後に、酷く冷たい瞳をした彼が立っている。
「……き……桐生?　な、なんで、お前が……、っ!?」
　まるで幻でも見ているように驚いた山本くん。
　私だって声も出なかった。
　なんで……どうして、ここにいるの?
　雨のせいでうっすらと滲む視界。
　パチパチと瞬きをすれば冷たい瞳で山本くんを捉えた桐生秋十が、鮮明に映る。
　——バシッ!!
　山本くんの傘を勢いよく弾き飛ばした。
　ようやく私から離れた、山本くんの手。
「桐生っ、なに怒……、っ!!」
　次の瞬間には、桐生秋十が山本くんの胸ぐらを掴みあげていた。
「女は男の力には勝てねぇんだよ?」
「ぐっ……離せ……」
　それは前にも一度言われた言葉。
　男の力には勝てないって、十分わかっていたはずだった。
　不本意にも、桐生秋十が教えてくれたのに。
「それに、コイツのこといじめていいのは、昔から俺だけっ

て知ってた?」
　口元は笑っているのに、山本くんを捉える瞳は少しも笑ってなんかなくて。
　いつもならそんなことを言われたら、私は頭にきて怒るのに、今はまるで守られているような気持ちになる……。
「……っ、……苦し……いてぇよ、頼むから離せ……」
「アキ。吊るしてやりたいとこだとは思うけど、そろそろ離してあげなよ?」
　桐生秋十の後ろから再び声がしたと思ったら、今度は少し離れたところで、無表情の晴くんがしゃがんでいるのが見えた。
　は、晴くんも一緒だったなんて……。
「晴は甘いんだよ。それに俺は吊るしたりしない。埋める方が顔見なくて済むしな」
「そっか。シャベル持ってこようか、アキ?」
　相変わらず、ちょっと怖そうな表情をした晴くんは淡々と問いかける。
「っ、ま……マジで、苦しいって!　頼むから、許してくれ!」
　桐生秋十は許しを乞う山本くんを視界の隅に入れ、忌々しそうに舌を打つと乱暴に手を放した。
「な、なんだって言うんだよ……。桐生が、なんで蜷深なんか……っ」
「は?　お前まだいたの?　晴、やっぱりシャベル持ってこい」

「了解。5分待てる？」
「っ、勘弁……しろって……！」
　山本くんは涙声で叫びながら必死に傘を拾う。
　そして、私には目もくれずに猛スピードで逃げていった。
　完全に山本くんの姿が見えなくなった瞬間、握り締めていた手の力がへなへなと抜けていく。
「だから、やめとけって言ったろ？」
「っ」
　さっきよりもハッキリと通る声。
　ふと顔を上げれば、怒ったような、困ったような、そんな表情をした桐生秋十が、私を雨から守るように傘をさしかけていた。
　忠告のような言葉が今さら重くのしかかる。
「な……んで、助けてくれるの……？　こんなの、私1人で……平気」
　俯いて言いかけた直後だった……。
　――ドサッ。
　桐生秋十の手からカバンが落ちて、水溜まりが小さな飛沫(ひ)をあげる。
　かと思えば、その傘を持たない手は、私の後頭部へと回されて……。
「どこまで意地っ張りなんだよ……」
　ポツリ、と。
　独り言のように漏らした声。
　ゆっくりとそのまま胸の中へと引き寄せられた。

「震えてるクセに。俺の前で、その強がりが通用するとでも思ってるわけ？」
　言葉とは裏腹に、ポンポンと頭を撫でる手があまりにも優しくて。
　叫びたいくらいの悔しさも、泣きたくなるほどの怒りも、さっきまでの怖さも消えていく。
「……っ」
　身体の奥底から何かが込み上げてきて、私は無意識に桐生秋十のシャツをギュッと掴んでいた。
「……お前ムカつく。人の気も知らないクセに」
　さっきよりも強く抱き締められて胸に顔を埋めると、ドキドキと響く桐生秋十の心臓の音が速いことを知る。
　腕の中がすごく温かい……。
　雨に濡れて冷えた身体が熱を取り戻す。
　まるでつられたように私の鼓動も加速していく。
　大魔王のクセに、どうして助けたりしたの？
　ねぇ、アンタは。
　私のことが嫌いなんじゃないの？
「な、なんで、助けるの？　私……アンタの忠告も聞かないで……いつもアンタのこと嫌いだって言ってて……アンタだって、私のこと、嫌いで……なのに」
　ダメだ、上手く言えない。
　鼻の奥がツンと痛くなる……。
「だから言ったろ？　俺は、お前のこと嫌いじゃないって」
　――とても柔らかい声だった。

目の奥がたちまち熱くなって瞬きをしたら、雨か涙かわからない滴が零れ落ちる。
「泣くなよ……」
「……っ」
「お前が俺のこと嫌いなのは、わかってるけど」
　そう言いながら笑みを零すと、私にそっと傘を握らせる。
「でも俺は、諦めてやんない」
　——ドキッ。
　その言葉には、どんな意味が込められてるの……？
　雨に打たれる桐生秋十は、どこか切なげな表情をしてそう言うと、踵を返して歩いていった。
「あーあ。明日、風邪ひくかもね、アキ」
「は、晴くん……」
　桐生秋十が帰っていった方向に目を向けながら、取り残された晴くんは淡々と言った。
「でも、納得したかも」
「な……納得？」
「そう。アキ、イライラしてた。ずっと。帰り道はこっちじゃないのに、蜷深と山本が帰るところ見かけて、こっちまで早歩きしてさ」
　あれは早歩きっていうより走ってたね、と付け足すように呟く晴くんの声に、私の心はギュッと締め付けられた……。
「こないだ山本が蜷深なら簡単に落とせるよなって、笑って話してたのが聞こえたんだよ。山本って、かなりのナルシストだね。あの顔で。家に鏡ないのかな？」

無表情の晴くんは声だけは笑っていた。
　陰でそんなことを言われていた私にも、十分な原因はあるって、今さらながら痛感する。
「その時のアキの顔、怖かった。アレ……アレみたいな顔」
「アレ……？」
「うん。ほら、蜷深がよく言ってる……」
「……だ、大魔王？」
「あっ。そうそう。それ。大魔王ね」
　こんな風に晴くんと言葉を交わすことは初めてかもしれない。
　くるりっと、身体をこちらへと向けて、傘を高くした晴くんは私に視線を投げた。
「その時のアキは、大魔王って顔だった」
「え……？」
　"その時のアキは"……。
　傘に降る雨音に混ざって聞こえる晴くんの声は、まるで冷たい雨のように私へと降ってきた。
「ねぇ、蜷深。今のアキは？　大魔王みたいな顔してた？」
　無表情で無愛想な晴くん。
　だけど、今はなんだか怒ってるような口調。
「オレには大魔王みたいには見えなかったな」
　今、助けてくれた桐生秋十は──。
　それはまるで……。
「アキはヒーローみたいだったよ。大魔王なんかじゃない」
　迷いのない声が私に降りかかる。

あの日――初めて出会った日。
　助けてくれた時のように、ヒーローみたいで。
「不器用なだけなんだ。アキは人一倍……」
　真っ直ぐに。晴くんの声は私の胸の中に響いた。
「もう、わかってるでしょ？　アキが本当はどんなヤツか。いくら日和の親友でも、アキのこと傷つけたら許さないよ」
「うん……」
　私はそう答えるのが精一杯だった。
　企みなんてない。意地悪なきみの本当の優しさに触れた途端。
　絶対にきみだけは無理だと遠ざけていた心が、急速に揺れ動いた。

Chapter 3

キスという名の宣戦布告

　――きみが優しいと私は苦しいです

　とんでもないハプニングの起きた昨日と同様に、しとしと雨が降っている。
　私は席から窓の外をぼんやり眺めていた。
　昨日の夕飯の時、コーヒーを持ってくるのが遅い！とお客さんを怒らせてしまったって、ヘコんでいたお母さんを思い出した。
　その日は、新人さんの教育中だったらしい。
　改めて、お母さんは私のために仕事を頑張ってくれているんだなぁってしみじみ思ったんだ。
「ねぇ、蜷深。アレ、日和はなにしてんの？」
　臨海学習がいよいよ２日後に迫っている今日。
　お昼休みを迎えたところで晴くんがやってきた。
「……えと、ひーちゃんと颯太はなんていうか、取り調べ？」
「取り調べ？　なにそれ。日和は、いつから刑事を目指し始めたの？」
「……」
　昨日のことには触れずに今日も笑顔のない晴くんが、不思議そうに目線を移した場所。
　そこには、山本くんを攻撃するひーちゃんの姿がある。
「ニーナへの接近禁止を命ずるわ!!」

最早、刑事さんではなく裁判官……？
「そうだぞ、山本。つか、お前なんでここにいんの？　ニーナの視界に入らないとこに行けよな、ったく！」
　颯太、気持ちは嬉しいけど、同じクラスなんだからそんな無茶な……。
　背中を丸めた山本くんは２人に詰め寄られて、憔悴しきっている様子だ。
　かくいう私も、軽々しく彼氏をつくりたいなんて発言をしたことに、ひーちゃんからお説教されたばっかり……。
　山本くんとは二度と言葉を交わすことはないだろうけど、２人の怒りを浴びる姿は気の毒なほど。
「ニーナ。お前さ、今度からオレと帰れば？」
「ありがと、颯太。でも颯太は遊ぶ予定もあるし。ほんとに私は大丈夫だから。それに……私こそ反省しなきゃ」
　戻ってきた颯太がガシガシと私の頭を撫でる。
「ニーナはオレの隣にいれば安全なのに。素直に甘えとけよ？　な？」
　そう言って女の子に手招きされた颯太は笑顔を見せると、廊下へと向かった。
　颯太が無邪気に笑うと、八重歯が見えて、それだけでホッとするから不思議だ。
「いいな、山本は……」
　不意に晴くんが呟いた視線の先には、未だ怒りをぶつけているひーちゃんの姿があった。
「え？　晴くん……や、山本くんが？」

「だって、日和がすごい近くにいる。日和と話してんじゃん」
　私は気づいてしまったよ、ひーちゃん……。
　晴くんは……。
　怖そうな雰囲気を放つ晴くんだけど、ひーちゃんの名前を呼ぶ時だけは、唯一優しそうな瞳をしてるんだよ。
「それに、蜷深も羨ましいよ」
「私が……？」
「アキは不器用で表現が下手。うん、見ててもバカだなって思う」
「……」
　絶対君主のあの大魔王をバカだなんて言えるのは、きっと晴くんくらいだよ。
　同時に、それだけ晴くんは桐生秋十のことを、よく見てるんだなって伝わってくる。
「でもオレはそんなアキが好きだよ。だから、蜷深が羨ましいよ。愛されてて。ね？」
　きっと、本当の桐生秋十は大魔王なんかじゃないよって、伝えたいのかもしれない。
「あ、変な意味じゃないから」
「……うん。わかってるよ」
「オレは女の子が好きだから」
　晴くんのそんな返事に、つい口元が緩んだ。
「女の子って、晴くんは好きな人いるの……？」
「いるよ」
　晴くんってば意外……。

まさかこんなあっさりと答えるなんて。
「も、もしかして……その、好きな女の子って。ひーちゃん、のこと？」
　だって２人は幼馴染みで、子供の頃は毎日一緒だったんだ。
　さっきの発言だって、好きって言ってるみたいだった。
　それに未だに山本くんを責め立てるひーちゃんを見つめる晴くんの瞳は、私には優しく映るんだよ。
「なに言ってんの？」
　……と。あ、あれ……？
　勝手に期待した私は思わず拍子抜け。
「ご、ごめん。勘違いだったね……」
　自嘲気味に笑って、あわあわと手を振り回す私。
　……だけど。
「オレはずっと日和一筋だよ。今さらなに言ってんの、蜷深？」
　どこまでも澄んだ瞳。
　ようやくこっちを向いた晴くんは、溶けるように微笑んだ。
　嘘……今、晴くんが笑ったような……。
　いや、笑ったとは言わないかもしれないけど！
「内緒ね？」
　ひ、ひ、ひーちゃん……。
　今の聞いてた？　ねぇ、聞いてた!?
　は、晴くんが今……。

愛の告白みたいなことを言ったんだよ！
　ひーちゃんにも聞いてほしいって思わずにはいられなかった。
「アキ、大丈夫かな」
「え？」
「具合悪いんだって。だからかな。ずっと機嫌も悪くてさ」
「……」
　もしかして。
　昨日傘を貸してくれたせいで風邪をひいてしまって、早退したとか……？
　そういえば朝からひと言も喋ってない。
　本当は昨日のお礼とともに、借りた傘を下駄箱の傘立てに置いてあるって言いたかったんだけど。
　授業中もずっと机に突っ伏していて、その顔は少し苦痛そうに見えたから、とても声をかけられる雰囲気じゃなかった……。
「……あの、晴くん？　桐生秋十はどこに行ったの？」
「どこって、保健室。さっき強制連行したよ」
「え……!?　やっぱり風邪ひいちゃったの？　熱は……熱はあるの？」
　どうしよう……。
　本当に風邪をひいてしまうなんて。
　不安にも似た気持ちが沸き上がり、食い入るように目の前の晴くんを見つめれば……。
「あれ？　心配なの？　大嫌いな大魔王が風邪ひいたなん

て、蜷深は絶対喜ぶと思ったのになぁ」
　そっかそっか気になるんだね、って……。
「っ、い、いや……心配っていうか。やっぱり巻き込んだのは私だし……」
「心配なんだね。わかるよ。顔に書いてある」
　そんな無表情で私を見る晴くんって、もしや策士なんじゃ……。
　ていうか、もしかして、こうなることを予想して言ったの……？
「保健室に行ってみれば？　心配なんでしょ？」
「うっ……」
　そりゃ、心配じゃないと言えば嘘になる。
　いくら私だって、そこまで冷たい人間じゃない。
　晴くんの見透かしたような瞳から逃げるように教室を出た私は、1人で保健室へと向かった。
　昨日、家に帰ってから、桐生秋十のことがずっと頭の中から離れなくて、ぐるぐる考えてばかり……。
　子供の頃、桐生秋十からの嫌がらせに泣きながら家に帰った時もそうだったけど、その時とは気持ちが全然違うんだ。
　上手く言えないけれど、今は"大嫌い"が理由で桐生秋十のことを考えてるんじゃないって思う私がいる。
「し、失礼します……」
　ノックをして扉を開けば、保健室特有の薬品の香りが鼻をさした。

あれ……保健の先生は？

シーンと静まり返る保健室におずおずと入れば、職員室にいますって書かれたカードが机に置いてある。

ふと視線を移すと、白いカーテンが半分だけ閉まったベッドが目に留まる……。

利用者名簿には昼休み開始の時間と、下手くそな"桐生秋十"の文字……。

起こさないようにそっと近寄って、恐る恐るカーテンの中を覗いてみると、桐生秋十の無防備な姿が目の前にある。

やっぱり熱があるかもしれない。

だって、頬っぺたが赤いし……。

さっきよりも近寄れば、呼吸が苦しそうだ。

こんな弱々しい姿を見るのも、こうして自分から桐生秋十の元へ駆けつけるのも、初めて。

どうして、助けてくれたんだろう。

忠告を無視した私のことなんて、ほっとけばよかったのに。

そうすれば、アンタは風邪なんかひかないで済んだんだよ……？

無防備な寝顔を見つめていると、胸がキュッと締め付けられた。

……その瞬間。

パチリ、と。

眠っていた桐生秋十の瞳が開かれた。

——ドキッ！

心臓が飛び出してしまいそうになった。

ま、マズイ…………。
　目と目が合った私は慌てて離れようとしたけど、時既に遅し……。
「お前……なにしてんの？」
　熱っぽい声に問いかけられて言葉が出てこない。
　気だるそうで、掠(かす)れたような、寝起きの声。
　まさか目を覚ますなんて、予想外……。
「な、なにって、晴くんから聞いて……熱が、ありそうだし……」
　繋(つな)ぎ合わせた声が裏返りそう……。
　本当に、私はなにしてるんだろう。
　なんで、大魔王のところにのこのこやってきたんだろう。
「お前が来るとか。なにこれ？　夢……？」
　おぼろげに問いかける桐生秋十。
　私の大嫌いな……大嫌いなはずだった……。
　違う……桐生秋十を、大嫌いじゃない私がいる。
「ゆ、夢じゃないけど……」
　だって、優しいなんて知ってしまったら、もう大嫌いだなんて思えない。
　言い訳を重ねても心に嘘はつけないから。
　私は、ただ認めたくないんだと思う……。
「ったく、晴のヤツ余計なこと言ってんなよ」
「心配なんだよ……は、晴くんは……」
　伏し目がちな瞳が流れるように私を見る。
「"晴は"って、じゃあお前は？」

おでこに腕を乗せてフッと息を吐いた。
まるで私がなんて言うか、手に取るようにわかっているみたい。
私は……。
「私も……」
私も大嫌いだったのにきみが心配で……。
なんて、そんな矛盾したこと、とても言えない。
「寝込み襲うつもり？　いくら俺が大嫌いだからって、それは反則だろ？」
自嘲気味に笑ったあと、短い溜め息を零す。
「ち……違うっ！　大嫌いなんかじゃ……、っ」
「は……？」
あ……。え……ちょっと、待って……。
私、今……なんて言った……？
桐生秋十は一瞬信じられないと言いたげな瞳をしていて、私は咄嗟にくるりと踵を返し、逃げ腰になる。
「……そういうこと言うのは、もっと反則だから」
だけど、背中に聞こえた声が私を引き留めて……。
――パシッ。
「きゃっ……」
桐生秋十の熱のこもった手が、背を向けた私の手をあっという間にさらった。
「ちょっ……!?」
バランスを失った身体は、背中からベッドへと倒れるように傾いて、真っ白な天井を見つめた。

かと思った次の瞬間には、ギシッ、とベッドの軋む音が響く。
　　それは、ストンと私のお尻が桐生秋十の隣へと着地したからだった。
　　訳がわからぬまま顔を横に向ければ……。
「今なんて言ったの？」
「な……」
　　さっきよりも近づく声は、まるで確かめるように。
　　もう、言い訳も思いつきそうにない……。
「俺のことが嫌いなんじゃなかったっけ？」
「そうだけど……」
　　身体を起こした桐生秋十。
　　その整った顔をじりじりと近づけて、口角を上げると、からかうように笑った。
　　堪らなくなって再び逃げるように目を伏せた。
「もう1回言ってよ？」
「な……なに、言ってんの……」
　　ダメ……。
　　顔がまともに見れない。
　　私の膝の横に手をついて、桐生秋十が体重を預けるようにこっちへと迫る。
　　その距離に私の胸は早鐘を打ち続けた。
「だから、聞かせてよ？　もう1回」
　　吐息混じりに落とした声はあまりにも近い。
　　聞かせて……なんて。そんな口調いつもはしないクセに。

もっと偉そうなのに。
　パニック状態の私とは裏腹に、桐生秋十の声には少しの期待が混ざっているみたい。
「なぁ？」
　なんで、ちょっと嬉しそうにしてるの？
　私が、嫌いじゃないって言ったことを確かめようとしてて。どうしてそんな甘い声で聞くの……？
「ちょっと、離れてよ……っ」
「もう1回聞かせてくれたら離れてやるよ？」
　だから、なに……その顔は……。
　嬉しいことがあったみたいな顔してる。
　お願いだから、そんな顔で見つめないで……。
　もっと意地悪に、大嫌いな瞳で私を睨めば、こんなに胸がドキドキすることもないのに。
　私だって、なんであんなこと言ったのか、自分でも上手く説明がつかないんだよ。
「仁菜、早く」
「っ」
　待ちきれないとでも言いたげな声。
　そっと視線を上げると、微笑む桐生秋十が、やっぱり私を見つめ返してくる。
　いたずらっこみたい……。
　私に何かを期待する瞳は、変わらずにこちらへ向けられている。
「ま、待って……」

「待てない」
「……っ」
　きみが隣にいて、呼吸が触れ合う距離にいる。
　今までのことを思い返せば、この状況は本当にありえない。なのに、距離にして、ほんの数センチ……。
　そうやって、きみは、私に近づいてくる。
「"嫌いじゃない"……なんてお前の口からもう二度と聞けないかもしれないし？」
「……」
　その通り。
　桐生秋十に対してぶつける言葉は、「大嫌い」がいつの間にか当たり前になっていて。
　むしろ、それしかなくって。
　私にとって世界で一番大嫌いな男の子。
　だけど、だんだん近づいてくる桐生秋十は私が知らない一面を見せてきて、私の心の中に入ってくる。
「やだよ……」
「俺は聞きたいよ？」
　少しの隙も与えないかのように声を落とす。
　黒い瞳はしっかりと私を捉えて、離さない。
「……なんで？」
　目を逸らして疑問を投げかければ……。
「なんでって？　わかってんだろ？」
　……と。
　ほんの少し首を傾けて、逃げる私の瞳を追いかける。

そして、口角を上げて笑った。
「俺はお前の声なら聞きたいよ。どんな言葉だって」
　──ドキッ。
　甘く囁いた声は私の胸の奥まで染み渡る。
　私は、呼吸すら忘れて、ただただ頬が熱くなっていくのを感じた。
「……何回も言わせんなよ」
　キュッ、とスカートを握り締める。
　私の声はいつもどんな風に聞こえてるの？
　だって、私はアンタが嬉しいって思うようなことなんてただの一度も言った覚えがない。
　なんでアンタなんかのところに来ちゃったんだろう。
　こんなはずじゃない……。
　終業式までに素敵な彼氏をつくろうって思って。
　アンタと決別したかったのに……。
　なのに、どうして私はこうやって、桐生秋十のことばかり考えてしまうんだろう。
「…………あ、アンタ、変っ‼」
「は？　なんだよ、いきなり」
　もう、耐えきれなかった……。
　身体中が熱くなって言葉も見つからなくて。
　気づけば勢いよく叫んでいた。
　本当は、昨日はありがとうって言いたかったのに、私はそれが言えなくて。
「だから、おかしいでしょ……っ、今まで、私にさんざん

意地悪して、物は投げるし文集だって破くし……いつも睨んできて……」
　冷たい眼差しも、いつだって不機嫌な口元も。
　それが、大魔王って名前がピッタリな桐生秋十。
「それなのに、優しくしたり助けたり……昨日のことも、彼氏がほしいなんて軽率に言ってた私がいけないんだよ？」
　ボロボロと本音をさらけ出せば、隣からクスッと笑った声が聞こえてくる。
「……な、なに笑ってるの？」
「別に？　お前がすげぇ喋ってくれるから」
「え……？」
「こんなに喜ばせてどうすんの？」
「っ」
「ヤバ。熱上がるかも……」
　ほ、本当に、顔が赤くなってる……。
「私のこと……ほっとけばいいのに」
　憎まれ口をきく私の頭の上に、ポンッと乗せられた手。
　振りほどきたいくらい大嫌いだったその手……。
　なのに、私はどうしようもなく泣きそうになる。
「昨日、お前が山本に言ったこと、間違ってなんかねぇよ」
「え？」
"おかしくていい……っ、それに、逃げ出したくなるなんて、簡単に口にしないで……"
「間違ってない。でもお前は、そうやって強がってばっか

だから。ほんと、ガキの頃からほっとけねぇ……」
　どうしてバカにしたりしないんだろう。
　嫌がらせも、悪口も、困らせることも。
　大得意なくせに……。
「……っ、なんで、アンタがそんなこと……優しい言葉なんか……」
　——どうして意地悪なきみが。
「お前のことしか見てないんだから、しょうがないだろ？」
　そうやって、私を揺さぶってくるんだろう。
「……っ」
　その大きな手が私の頬にそっと触れる。
　桐生秋十の体温が流れ込んでくる。
「だ、だって、ずっと嫌がらせしてきて、意地悪で……なのに、なんで……」
　私はきみのことがまだわからない。
　ずっと、本当のきみを知らなかったから。
　ふと見上げた先。
　私を見つめる眼差しが真剣そのもので。
「じゃあもし、俺が——」
　……と。
　静かに口を開いた桐生秋十の瞳が揺れる。
「お前のことが好きだって言ったら、どうするつもり？」
　なんの迷いもない真っ直ぐな声に、私の心は焼けるように熱くなった。
　瞬きをすることも忘れて、ただただ見つめるしかできな

くて。
　触れられたその手に、私を映す瞳に。
　私の鼓動がドキドキと反応している。
「な、なにそれ……それもなにかの企み……」
「企み？　とでも言いたいの？」
　ようやく発した言葉はすぐに阻止される。
「ふざけんなよ」
　目を細めると息を吐くように笑った。
　だけど、私の頬に触れる手はしっかりと添えられたまま。
　たとえ、もしもの話でも。
　いじめっこの桐生秋十が私を好きだなんて。
　私には到底信じられるはずもないじゃない……。
「だって、そうでしょ……？　好きだなんて……そうやって惑わせて私の邪魔し……」
　サラリ、と桐生秋十の前髪が私のおでこに触れる。
　どこまでも憎まれ口をきく私の視界は、桐生秋十でいっぱいになって。
　——その瞬間、私の唇は塞がれた。
　突然降ってきた、桐生秋十のキスで。
「これでもわかんないわけ？」
　ゆっくりと唇が離れた直後、問いかけてくる。
　息をすることすら忘れた私。
　熱の残る唇に手をあてて動揺するしかなくて……。
　待って……。
　い、今の……なに……？

キス…………？
「いい加減気づいたら？　企みでも冗談でもないって」
「……っ」
　やっとまともに桐生秋十の顔を映すことができたけど、やっぱり怒ったような眼差しを向けてくる。
　私、キス……しちゃったの？
「っ、わかんないよ……今のなんのつもり……？」
　心臓がバクバクと暴れて、もうどうにかなってしまいそうになる。
「お前があんまりバカだから、宣戦布告」
　フイッと顔を背けてベッドに倒れこんだ桐生秋十。
　その横顔は、熱に浮かされたせいで、赤く染まっていた。

きみは誰より特別だから

きみのことが知りたいです
——本当のきみを、私は知らないから

　何度も何度も頭の中で広がる光景。
　長い前髪、爽やかなシャンプーの香り、伏し目がちな瞳。
　昨日の……突然のキスが私を悩ませている。
「……なみ」
　当の本人は、やっぱり熱が上がったらしく欠席。
　果たして明日の臨海学習には来れるのかなって、ひーちゃんは朝イチで私に問いかけてきたけど。
　顔を合わせるなんて私にはとても無理……。
「……に、……てるのか!?」
　だって、キスなんてされたら……。
　アイツは宣戦布告なんて宣言してきたけど。
　私にキスするって一体なに考えてるわけ……？
「蜷深仁菜————!!」
「ヒィッ……は、はいぃ…………!!」
　大変だ……。
　私ってば、今は授業中だっていうのに……。
「これで２度目じゃないか、蜷深！　先月は俺の授業で居眠り、今回は上の空か？　ほうほう。そんなに授業が退屈なんだな？」

よりにもよって、またまた古田先生の授業中に……。
　ブルは怒りのあまり、喋る度に頬っぺたのお肉がブルブル揺れてる。
「そうかそうかー。退屈かぁ。じゃあ、問２の歴史上の人物を述べてもらおうか？　ほーら、簡単だぞー？　漢字４文字だぞ！」
「……わ、わかりません」
　みんなの、あちゃー！って視線が痛いよ。
　颯太なんて「バカ」って口を動かしてくる……。
「……ん？　わからないだと？　先月は、サラッと答えられたじゃないか？　どうした？　そうやって、余裕をかましてるとこうなるんだぞ！　わかったな!?」
　古田先生、顔のアップほんときついです…………。
　あの時はアイツが教えてくれたから答えられた。
　古田先生が教卓へ戻りこってり叱られた私が、項垂れるように隣の席を見ても当然空席で。
　どうしてか、あれだけ嫌だったのに隣の席のアイツがいないといつもと違う感じがした。
　ものすごく静かで……。

「なぁにボーッとしてるのよ!?　ニーナってば、昨日の午後から変じゃない？」
　それは生まれて初めてキスされたから……なんて、言えるわけないけど。
　臨海学習についてのホームルームが始まる前。

僅かな休み時間、ひーちゃんは私の様子に真っ先に気づいた。
「……いや、別に」
「怪しい……!!　絶対変っ!!!」
　手のひらをグーにして机をトントン叩く。
　ポニーテールまでピョンピョン揺れている。
　その姿は可愛く思えてしまうけど、疑いの眼差しが痛いよ……。
「……あ、あれ？　颯太は？」
「あっー！　はぐらかしたわね!?　颯太なら呼び出しされて消えたわ。あれは、告白だろーね？」
「え……!?　告白って、颯太が告白されてるの？」
「珍しくなんかないじゃない？　颯太はチャラいけど、結構モテるし。なんだかんだ聞き上手だし、真面目にアドバイスしたりしてるみたいよ？」
　いつもはこれでもかってくらいに毒を吐くけれど、意外にも真面目に答えたひーちゃん。
　聞き上手で、アドバイスも真剣にする。
　自然と居心地の良さを与えてくれる颯太の周りには、いつも男女問わず人が集まっている。
　颯太はそういう男の子。
　私だってそのうちのひとりなんだって、今さらながら自覚してしまう。
　そんな颯太に惹かれる女の子がいるのは当然。
　もし、颯太に彼女ができたら、今までみたいにふざけあ

うことはできないなぁ。
　チャラいって言われてる颯太だけど、いざ彼女ができたら、すごく大切にしそうだもん。
「まぁ、桐生くんの人気には負けるけどね」
「え……っ」
　いきなり出た名前にドキリと心臓が反応した。
「……あれ？　桐生くんの名前出したのに、"あんな大魔王大嫌い！"とか言わないの？　変なのー」
　窓に寄りかかる私をひーちゃんは訝しげに見つめる。
「なんかあったんでしょ？　白状しないと、鼻に指突っ込むわよ？」
　ひーちゃんのことだから、本気で第一関節まで突っ込みそうだな。
「あのね……」
　怪しむひーちゃんの、視線と人差し指から逃げ切れるわけもない私は、昨日保健室で起きたことをポツポツと話した。キス……されたこともありのまま。
「……ふぅん。宣戦布告……ね？」
　だけど、ひーちゃんは顔色ひとつ変えない。
「ふ……ふぅんって。驚かないの、ひーちゃん？」
「驚かないよ。だって、桐生くんにとって昔からニーナだけは特別だもん。いつもニーナのこと気にしてたみたいだし。わたしはそれに気づいてたから……」
　"特別"……。
　それはいじめるターゲットとして？

それとも……。
「私、アイツがなに考えてるかも、全然わからないんだ……あんなに意地悪してきたのにって、どうしても考えちゃう時もあって……」
「意地悪……か」
　ひーちゃんの声がやけに寂しそうに聞こえた。
「ニーナはさ……桐生くんのことをどう思うの？　今もまだ……世界で、一番大嫌い？」
「えっ？」
「答えてよ。自分の気持ちに正直にさ……」
　ひーちゃんの揺るぎない真っ直ぐな瞳。
「……嫌いじゃ、ない」
　助けてくれたアイツの黒い瞳が、私を見つめて優しく緩んで。
　その手に触れられた時、胸の中が温かさに包まれた。
　大嫌いな大魔王に、こんな気持ちを抱いたのは初めてだったんだ。
「うん。そうだと思ったよ。わたし思うんだけど、桐生くんはどんな思いでニーナに声をかけたんだろうね？　ずっと無視されるって、かなり辛いと思う……」
　３年も言葉を交わさなかった私の声を聞きたいって、真っ直ぐに伝えてきた桐生秋十は、どんな思いでいたのかな……。
　強がって、意地っ張りで、どうしようもない私。
　お父さんのいない寂しさも、私だけの中に閉じ込めた記

憶を誤魔化すための強がりも。
　一番に気づいてくれるのは、アイツだった。
"お前からすれば見たことない俺ばっかだろ？"
　本当に、アイツの言う通りだ。
　自分でも呆れるくらい、私の知らなかった桐生秋十を、もっと知りたいって思ってしまう。
「おかしいよね……大嫌いで、決別したいとまで言ってたのに」
「おかしくないよ。相手が桐生くんなら。それは、当然じゃないの？」
　ひーちゃんはまるで本当の桐生秋十を知ってるような、穏やかな口調だ。
「桐生くんのこと、わたしにはわかるよ。お互い似てるなぁって思うの。わたしだから、わかるのかも……」
　意味深な言葉に私は首を傾げる。
　そして、ひーちゃんが足元からそっと上げた視線の先には、席に座ってボーっとしている晴くんがいた。
　臨海学習を楽しみに騒ぐクラスメイトをよそに、誰とも話そうともしない晴くんはつまらなそうだ。
「ねぇ、あれ、晴くん……？」
　まるで、心ここに在らずってかんじだ。
「桐生くんがいないと無気力体質だからね」
「晴くんって、桐生秋十のこと……すごい大事なんだね。大好きなのが伝わってくるもん」
　こないだの雨の日、私にはそれがわかったよ。

「晴にとって桐生くんは特別なんだよ。わたしも、桐生くんはすごいなぁって思ってるし」
「え……？ す、すごい？」
「うん。ニーナが転校してくる前ね、晴は全然笑わなかったの。表情が乏しい（とぼ）っていうか……幼稚園の頃から内向的でさ。なかなか輪の中に入れない子だった」

　前にひーちゃんの話に出てきた"問題を抱えた子"。
　それって晴くんのことだったのかなって今さら思う。
「……学校に行くようになってからも、そんな晴をみんなは奇妙な物でも見るような目で見てて。だけど……っ、晴も頑張ったんだよ。いっぱい頑張って……やっと、やっと笑ったの。だけど――」

　ひーちゃんの顔が悲しみに染まる。
「……"気持ち悪い"って。晴が笑うと、気持ち悪いんだって」
「っ」

　自分の笑顔を拒絶されたら、どれだけ悲しいだろう。
「それから笑顔なんて一度も見せなかった。ううん。笑えなかったのかも……でも、小3になって桐生くんが転校してきて……」

　私より1年早く転校してきた桐生秋十。
「"笑いたいなら笑えばいいよ。俺は晴といたら笑ってばっかだよ"って桐生くんは言ったんだ……」

　桐生秋十は誰かを救う言葉を持ってるんだね。
「わたしはなんにもできなかったけど、桐生くんがいてよ

かったって思ってるの。あ、嘘かも。ほんとは、ちょっと悔しい……」
「く、悔しい？」
「うん。だって、わたしは……ずっと晴のそばにいたのにね」
　情けないわ……と、やっぱり悲しく笑った。
「晴くんの力になりたかったんだね……」
　晴、晴……って。
　いつもくっついていたことを私は知ってるよ。
　そんなに悲しく笑わないで、ひーちゃん。
"オレは日和一筋だよ"
　晴くんは、今でも、ひーちゃんのことを——。

　オレンジの光が教室の中に射し込む放課後。
　遠くで蝉の大合唱が聞こえる。
「あれ……日和はどこ行ったんだよ？」
「あ。颯太。ひーちゃんなら、日誌提出しに行ったよ。今日、日直だから」
　ひーちゃんの帰りを待つ私の前に颯太が座る。
「なんだよ……明日の臨海学習のスケジュール立てとけって言ったクセに」
　開け放たれた窓から生温い風が吹き込んで、ふわりと颯太のゆるふわパーマを揺らす。
「……彼氏づくりは上手くいってんのか？」
　くしゃりと髪をかきあげる颯太の唐突な質問。
「い、いや、全然……」

「ふーん。あんなに気合い入れてたのにな？」
「……」
　私の方へ身体を向ける颯太が眉を高くする。
「最近、ニーナ変だぞ？　前はなんでも話してきたのに。今日だって、ブルの逆鱗（げきりん）に触れるし……？」
　私の決心を揺るがしているのはアイツが原因だなんて、そんなこととても口に出して言えなかった。
　あれほど関わらないって決めていたのに。
　1年の時からそれを知ってる颯太に素直に言えば、軽蔑（けいべつ）されるかもしれない。
　そんな心配をする私はズルい……。
「ニーナが変なのは、アイツのせいだろ？　なんかあったのか？」
　そんな私のことなんて、颯太には手に取るようにわかってしまうんだね。
「大嫌いな人を……大嫌いじゃなくなることって、おかしいかな……？」
　やっぱり颯太には隠したくないな。
　上手く説明できる気はしないけど、唯一男の子で友達と呼べる颯太に、嘘をつくような真似はしたくないから。
「……おかしくないんじゃねぇの？　今お前がそう感じてんだろ？」
　きりりとした眉の下。
　いつになく颯太は真剣な眼差しを向けてくる。
「……うん。今までの桐生秋十じゃないんだよね……あん

な優しいヤツだったなんて、知らなかったなぁって……」
　認めたくなかったはずなんだけどな……。
　本音を言えるのは颯太の前からかもしれない。
「……アイツのことが好きなのか？」
「え？」
　颯太の声がやけに小さく聞こえた気がする。
「なぁ、どうなんだよ……？」
「す、好き……？」
「だってニーナ、そういう顔してんじゃん？」
　そんなこと言われても……。
　けど、途端に頬がカッと熱くなってしまう。
　これじゃあ図星みたい……。
　私が、桐生秋十を好き……？
　まさか、それだけは絶対にないって思ってた。
　だけど、強く否定できない私がいる。
「そんな顔なんて、してないよ……」
「してるだろ？　オレにはわかるって」
「痛っ」
　視線を泳がせる私のおでこを、颯太が指で弾いた。
「ニーナのことずっと見てきたから。だから、オレはわかるんだよ……」
　鼓動がドキリと揺れたのは、颯太の声が真剣味を帯びていたから。
　──颯太の名前は入学してすぐに覚えた。
　みんなが「颯太」って呼んでいるのを、何度も耳にした

から。
　最初は名字か名前かわからなかったけど。
　颯太の周りにはいつも人が集まってて、笑い声が溢れてて、みんなが笑顔になる。
　その光景がすごく眩しかったんだ。
　ひーちゃんがチャラいなんて言うのは、女の子の友達が多いからだけど。
　それだけ颯太に話を聞いてもらいたい子がたくさんいて、颯太に惹かれている子がいるんだと思う。
　私もそのうちのひとり。
　どれだけ愚痴っても、どれだけヘコんでも、いつも颯太が笑い飛ばしてくれた。
　八重歯の見える無邪気な笑顔を見ると、私まで笑ってしまう。
　だから颯太の隣は居心地がよかった。
「……あ、ニーナ！　てめぇ、大魔王のことが好きって認めるのが嫌なんだろー？　まぁ、そりゃ悔しいもんなぁ？」
　私が答えに詰まっていると、颯太はお茶らけた声をあげてケラケラ笑った。
　わざと嫌味な言い方をして……。
　こうやって笑い飛ばしてくれる。
「も、もうっ、からかわないでよ……好きなわけ、ないじゃん……」
　苦笑いを零すと胸がキュッと苦しくなった。
「これじゃ、オレの方が先に彼女できるかもな？」

「……え。も、もしかして……告白オッケーしたの？ ひーちゃんから聞いたよ？」
　フフン、とちょっぴり得意気に振る舞う。
「四組のすっげぇ可愛い子で」
「うん！」
「足も細くて、色も白くて」
「うんっ……」
「胸もニーナより全然でかくて」
「うん……って、もー！　颯太ー！」
「ぶはっ！　なに頷いてんだよ」
　またケラケラ笑う颯太についつられてしまう。
「ふんっ。どうせ私は貧乳ですよー！」
　もうすっかりいつもの空気に戻っていた。
　……だけど。
「でも、断ったけどな？」
　話の流れ的に、てっきりオッケーしたかと思ったから、あっさり答える颯太に私は面食らった。
「なんで？　颯太が好きそうな子なのに？」
「オレが好きなのはそういうんじゃねぇし」
「好きなのはって、もっとレベル高い子……？」
　だって、それだけのモテ要素を兼ね備えた子なのに、颯太が断るなんて……。
「全然。胸もねぇしモテないし、素直じゃないし、すぐムキになるし」
「ちょっとそれって……失礼だけどいいところなんて、ひ

とつもないって言ってるみたいだけど……」
　机を挟んだ颯太は口元を緩めて微笑する。
　ふわりと、眉を下げて私を見る。
「あるよ。オレのことは、名前で呼んでくれんの」
　颯太のことは……。
　なぜか心臓の辺りがざわざわする。
「み、みんな呼んでるじゃん……」
「そうかもな？」
「颯太は、その子好きなの……？」
　流れるように向けられた瞳は再び真剣さを宿す。
「好きだ」
「っ」
　２人きりの教室に颯太の声が響いた。
　こんな颯太の顔を私は見たことない……。
　まるで、私が好きだって言われみたい。
　それくらい、真面目な顔をしていた。
「……告白、しないの？」
　颯太はカバンを持つと、そっと立ち上がる。
「しねぇよ……」
　颯太の横顔が自慢のゆるふわパーマで隠れる。
「どうして……？」
　胸がキューッと音を立てる。
　立ち去ろうとする颯太の顔を、追いかけるように見上げれば。
「友達の壁ぶっ壊すのが怖いから……」

家に帰ってからボストンバックを引っ張り出して、臨海学習の準備を始めたけど、なかなか進まない。
　ある日の桐生秋十と颯太の会話が頭を過ぎってからずっとだった……。
"友達の壁ぶっ壊せないお前よりマシ"
　席替えしてから桐生秋十が颯太に言った言葉。
　さっきの颯太の真剣な顔。まさか颯太が私を……。
　って、そんなことあるわけない。
「あら、まだ支度終わらないの？　もうご飯できてるわよー」
　ふたつ返事で部屋を出ると、テーブルの上にはカレーとフレッシュサラダが並んでいた。
「お父さん、遠足の前の日なんかはカレーがいいって言っていたじゃない？　力をつけなきゃって」
「お母さんのカレー大好きだったもんね」
　ジャガイモが大きくて食べごたえがあるんだって、おかわりしてたのを覚えてる。
　カレーを食べていると、お母さんがニコニコしながら私を見つめる。
「な、なぁに？　お母さん……」
「ニーナとお父さんの話をしたのは久しぶりだなぁって思ってね？」
　言われてみれば久しぶりかも。
　私がお父さんのことをあまり話さないから。
　でも、きっとその理由も、お母さんはわかっているんだ

と思う。
　なんでもお見通しなんだ。
　それでいてお母さんはきっと、私からもっとお父さんの話をするのを、待っててくれているんだ。

　──あの、溶けてしまいそうな夏の日。
　お母さんに頼まれて私はお父さんとカレーの材料を買いに、近所のスーパーに行った。
　ジージージーって、蝉がうるさい茹だるような暑さが続く７月。
「仁菜？　帰りにアイス買って、そこのベンチで食べようか？　お母さんには内緒で」
「……いらないもん」
「お？　珍しいなぁ。今日は100円のアイスじゃなくてもいいんだぞ？」
　私は仏頂面でそっぽを向いたのに、あははってお父さんは笑った。
　お父さんは明るくて声がでかくて豪快に笑う。
　小学校の先生っていうより八百屋さんみたい。
　でもお母さんはそんな飾らないところが好きだったんだって、教えてくれたことがある。
「そんな顔してると、本当にそんな顔になっちゃうぞー？」
「な、ならないもんっ！」
　スーパーを出てからもふてくされて歩く私を、お父さんは叱りもしないで笑いながら追いかけてくる。

本当は嬉しかったのに……。
「仁菜、最近お母さんの手伝いを頑張ってるみたいじゃないか？　お利口さんだぞ」
「……っ」
　本当は今すぐにでも抱きついてしまいたかった。
　だけど、意地っ張りな私はどこまでも頑固で。
"子供はみんないい子なんだよ。悪い子なんてひとりもいない。愛されるために生まれてきたんだから"
　先生をしているお父さんは、生徒のことをお母さんに話す時、よくそう言っていたのを覚えている。
「仁ー菜ー？」
「……」
「お父さんは仁菜が笑ってる顔が、大好きなんだけどなぁ？」
　後ろを歩くお父さんの声が優しかった。
　それでも、私は素直になれずにぐんぐん歩いた。
「仁菜ー？　こっち向いて？　おーい、仁菜？」
　怒った顔のまま振り返ると、ニッコリと笑って私の手を握ってくれた。
　大好きなお父さんの手……。
「先生なんて辞めちゃえばいいのに！」
　なのに、私はムキになり手を放した。
　そして横断歩道へと飛び出していったんだ。
　それから……それから……。

「……いな、仁菜？　カレーが冷めちゃうわよ？」

　お母さんの声にハッとした私は、一気に現実へと引き戻された。

　私、今……お父さんのこと思い出してた。

「どうしたの？　ボーっとしちゃって。ご飯が干からびちゃう」

「う、うん……」

　……と。

　そこでタンスに飾られた写真が視界に映り、その中で笑うお父さんと目が合った。

　お母さんの大好きな、豪快に笑うお父さんの写真。

　日に焼けた肌に、白い歯がよく目立つ。

　私はずっと聞きたかったことを聞いてみる。

「お母さんは、お父さんの話をして……悲しかったり、辛くないの？」

「……えぇ？　そうねぇ。寂しいけれど、ちっとも辛くはないわよ。お父さんとの思い出があるから……。なにより、仁菜がいるからねぇ」

　優しい声音に泣きそうになった。

「お母さんね、お父さんのことを思い出すと、時々一緒に思い出すことがあるの」

「……なに？」

「お父さんが受け持っていたクラスの、ひとりの男の子のことよ……」

　考えをめぐらせるように、静かに声を落とした。

当時お父さんは２年生のクラスを受け持っていた。
　　その中で、お父さんがすごく気にかけている生徒がいたらしい。
　　お父さんが帰宅した夜、お母さんとその子の話をしているのかなって思うことが、何度かあった。
「あの子は、気持ちを伝える方法を知らなかったんだと思う。お父さんね、どんなにひどいことを言われた日でも、その子のことを笑って話してくれたの」
　　お父さんは、子供はみんないい子なんだって言っていたもんね。
　　あの夏の日。
　　私がふてくされてヘソを曲げていた理由も、クラスやその子の話ばかりしていたから、面白くなかったんだ。
　　ただのつまらないヤキモチだった。
「あの子が、お父さんのことを覚えていてくれてると、お父さんも嬉しいだろうなぁって……」
　　先生だったお父さんは、教師として子供達と向き合うことに一所懸命だった。
　　そのことを私はずっと見てきて、知っていたはずなのに。
「お母さんは……その男の子に会ったことあるの？」
「……一度だけ、声をかけてくれたことがあってね。あの子は、お母さんのこと覚えてるかわからないけど」
「ど、どんな子だったの？」
　　お父さんが特別に気にかけていた子だと思う私は、堪らずに問いかけていた。

「笑わない子……どこかに、笑顔を置き忘れてしまったみたいにね」
　それを聞いた私は、失礼だけどまるで晴くんみたいだなぁって思ってしまった。
「今も、笑わないのかな？」
「それは……」
　宙を仰ぐとお母さんは私を見つめた。
「……ご飯、温かいの持ってくるわね」
　お母さんはただ優しく笑って台所へと向かう。
　ねぇ、お父さん。
　お父さんは私のことを怒ってるかな？
　写真の中のお父さんへ問いかけても、当然返事はなかった……。

波乱と恋の臨海学習

きみはあの夜の出来事を覚えていますか？
――それは、きみと私だけの秘密

「お前らー、忘れ物はないかー!?」
　バスの中で先生の大声が飛んでくる。
　今日からいよいよ、1泊2日の臨海学習だ。
　宿泊先の地方の海岸を目指して走り出したバスの中は、みんなのはしゃぐ声が飛び交っている。
　主に海での自然体験学習を行い、環境や水難救助についても学ぶらしいんだけど、とにかく暑い……！
　待ってましたとばかりに顔を出した夏の太陽が、窓の外を見つめる私に照りつける。
「夏、だね……」
　お昼の気温は30℃を越えるって、朝のニュースで言っていたっけ。
「夏だろ。あー、マジあちぃ。これでクーラーきいてんのかよ？」
「しょうがないじゃない。ウチらは3人揃って一番後ろのこの座席なんだから。てか、颯太がいるから暑苦しいのよ！暑さ倍増だわ！」
　毒を吐かれた颯太、可哀想……。
　一応グループごとにまとまって座ってるものの、颯太の

隣は気まずいかも……と漏らした私に、気を遣ってくれた
ひーちゃん。
　昨日の放課後、陰を落とした颯太の表情が……言葉が、
ちょっとひっかかってるんだ。
　当の本人である颯太は、私の予想に反して全くいつも通
りなんだけどね。
　一番後ろの座席をいいことにポテチなんか開け始め
ちゃったし。
「……で？　颯太、アンタちゃんとスケジュール立てた
の？」
「立てたっつーの。って言っても大半は元から決まってん
だろ。だから、自由散策の時間くらいだ」
「それはご苦労様ね。んじゃ、宿泊先に着いたらスケジュー
ル発表してもらうわね！」
　フフフ、と笑ったひーちゃんの肩越しに、適当に相槌(あいづち)を
打つ颯太が見えた。
　海に入るのは子供の時以来かも。
「ねぇ、ニーナ。水着どんなの持ってきた？」
「え……？　学校指定の水着じゃないの？　しおりにもシ
ンプルなものって書いてあったから」
「ハァ？　そんなダサいの着るつもり!?」
「じゃあ、ひーちゃんはどんな水着なの……？」
　確かにダサいけどさ……!!
「黒のビキニ。スポーツタイプのやつだけど」
　び、ビキニってそんなサラっと……！

誰が見てもひーちゃんはスタイルも運動神経も抜群だから、ここぞとばかりに着ても様になると思うけど……。
「みんな夏休みに向けて、この臨海学習に気合い入れてるんだからね？　告白するって子もいるらしいしさ」
　夏休みに素敵な彼氏をつくって充実した日々を過ごしたいのは、みんな同じなのかもしれない。
「ぷっ」
　前の座席から吹き出したような笑い声がする。
「お前、それは色気なさすぎだろ？」
　な、な、なんですって…………!?
　そんな嫌味を口にして、顔だけでこっちへと振り返ったのは、もちろん桐生秋十。
　すっかり熱も下がったみたいで、相変わらずの大魔王口調だ……。
「ほ、ほっといてよ！　どうせ上からＴシャツ着るんだから……」
「海ではしゃいで溺れんなよ？」
「溺れるわけないでしょ……！」
「ふーん」
　すごい嫌味たっぷりに笑ってくれるんだから。
　でも、なんでかな……。
　たった１日顔を見なかっただけなのに、今は久しぶりに会って声を聞いたように感じる。
　今までなら、桐生秋十が風邪でお休みした日は私のラッキーデイで、ずっと寝込んでればいいとさえ思ってたのに。

「やっぱり、桐生くんのこと嫌いじゃないんだね？　なんか、ニーナの憎まれ口も軽くなってない？」
　こそっと耳打ちしてきたひーちゃんに、ドキリと鼓動が波打つ。
「好きになっちゃったとか？」
「なっ……なに言ってんの、ひーちゃん！　そんなのありえないよ……」
「そう？　大嫌いだった人を好きになってもおかしくなんかないよ。恋って、気づいたらその人のことばかり考えちゃうもんでしょ？」
　前にも同じようなことを言われた。
　私が、桐生秋十を好き……？
　今までのことを忘れて、好きになるなんて、そんなことがあっていいの？
　どうしていじめられていたかもわからないのに？
「それに、前ほど彼氏つくる！って意気込んでないしね？」
　ひーちゃんの言う通りだ。
　山本くんとの一件もあったけれど、彼氏をつくるってことを最近は考えてもいない……。
　だって、それ以上に、桐生秋十のことばかり……。

「結構、綺麗な部屋じゃない？　ベッドも意外と大きいしさ！」
「ひーちゃん、ここから海が見えるよ！」
　お昼前に到着した宿泊先のホテルは、想像していたより

もかなり大きくて綺麗だった。
　ホテルのレストランで昼食をとった私達は、部屋に入るなりはしゃいでいる。
「なーんか懐かしいね？　小5の林間学校思い出しちゃったわ！　ニーナと同じ部屋だったしさー！」
　水着に着替え終えたひーちゃんは、ポニーテールを結び直す。
　けど、私は林間学校を思い出して胸に痛みが走る。
　——"ニーナちゃんのお父さんって、なんで死んじゃったの？　病気？"
　夜のキャンプファイヤーの時、唐突に投げ掛けられた質問に、私は頭の中が真っ白になってその場から逃げ出したんだ。
　そんなことはひーちゃんだって知らない。
　唯一、知ってるのは……。
「ニーナ、早く着替えないと置いてくわよ！」
「う、うん……！」
　……思い出すのは止めよう。
　私は急いで水着に着替えてタオルを持った。
　このあとは海での自然体験学習だ。
　桐生秋十もグループが同じだから、嫌でも行動をともにしなきゃいけない……。
　私のことが嫌いじゃないなんて……そんなことを言われてから、どんどん近づいてくるアイツ……。
　私の心もいつの間にか、こんなに桐生秋十でいっぱいに

なるなんて、信じられない。
　……だけど。
　どうか今は、アイツが林間学校の夜のことを思い出しませんように。
　そう願いながら集合場所の海へ向かうため、ひーちゃんと一緒に部屋を出た。

「…………つーかさ!!　なんでオレら海に来てまでゴミ拾いしてんだよ!?　あーっ、泳ぎてぇ!!」
「ハァ？　自然学習だからよ？　まずは海を綺麗にってさっき説明されたでしょーが！　このドアホ！」
　ペチンッ。
　ひーちゃんが颯太の頭を軽く叩いた。
　環境問題に取り組む地元の人の話をたっぷり聞いたあと、いよいよ自然学習が始まった私達は、広い砂浜のゴミ拾いに取りかかった。
　でも、ほんと、立ってるだけで溶けそうだよ……。
　こんなに綺麗な海が目の前に広がってるのに、当分はお預けってところだから、颯太がふてくされるのも無理はないよね。
「……痛っ」
　砂を踏むと足の裏にチクンと痛みが走る。
　なにか刺さった……!?
　足を持ち上げると、小さな貝殻を踏んだことに気づいた。
「気を付けろよ」

「……っ」
　不意に顔を上げると眉根を寄せた桐生秋十が、私の方へ歩いてくる。
　途端に心臓がざわざわと騒ぎだした。
　チョコレート色の髪が、白いTシャツが、潮風に揺れる。
「ガラスとかも落ちてんだから、怪我したら危ないだろ。よく見ろよな？」
「わ、わかってるよ……っ」
「ったく。ほら、足見せろよ？」
「は、はい……？」
「今怪我したかもしんねぇだろ？　早く」
　……と。
　私の前に片膝をついてそっと見上げてくる。
　ドキリ……。
　黒い瞳が太陽の眩しさに目を細めた。
　周囲に目をやれば、そんな光景でさえ絵になる桐生秋十を、他の女子が恋心に濡れた瞳で見つめていることがわかる。
　ちょ、ちょっと、待って……。
「怪我してないし……平気だから……っ」
　パッと身体を引いた私を訝しげに見つめる。
「……お前、なんか明らかに変だろ？　挙動不審って感じ？」
「ちょ……ちょっと」
　ズイっと顔を寄せて疑うような眼差しを送る。
　──ドキンッ。

「おい、仁菜？」
　もう、やだ……。
　全然いつも通りにできない。
　その唇が不思議そうに私の名前を呼ぶから、頬が焼けるような熱さに包まれた。
　突然……宣戦布告だと、キスされたことが浮かんでくる。
「変じゃないったら……変なのは、アンタの方だって言ってるでしょ？　いきなりキスしてきたり……っ」
　もうっ、私は……救いようのないバカだ……。
　なんて、気づいても後の祭りだけど。
　こんなことを口走るなんてどうかしてる。
「お前が俺のことわかってないからだろ？　だからキスした」
　そ、それって……。
　私の心情を知る由もない桐生秋十は、真面目な声で答える。
「……なーんてな？」
「っ」
　冗談めかすような声が落とされた。
　そして、ゆっくりと立ち上がった桐生秋十と目が合って、動くこともできない私。
　身体の底からキューっと切ないような苦しいような気持ちが沸き上がって、何も言えない。
「なに赤い顔してんだよ、バカ……」
　コツンっ、と。

手の甲でおでこを叩かれた。
その手を口元へと持っていき、表情を隠す桐生秋十。
だから、なんでアンタがそんな顔するの……？
「……だって、暑いから。それに、冗談なんて、いつものことだからわかってるよ」
下手な言い訳しか出てこないよ。
「あれ？　こういう時お前は、"大嫌い"とか"最低"とか言うんじゃないのか？」
「それは……っ」
ふわり、と。
私の答えを待つより早く、桐生秋十が首にかけていたタオルを「日除けだ」と言って頭からかけてくる。
ほのかにシャンプーのいい香りがする。
「言わなかったら……なに？　大嫌いって、私が言わないと、やっぱりおかしい……？」
頭に乗せられたタオルが私の視界の隅で揺れる。
……私の心も、ゆらゆら揺れている。
「おかしいだろ……」
砂を踏む足がさらに私へ近づいてくる。
「そ、そうだよね……大嫌いじゃないって、私が言うのがおかしいよね」
私は桐生秋十に対して大嫌いが口癖だったんだから、今さらこんなことを言う方がおかしいのかもしれない。
それなのに、私はどうして、傷ついたような気持ちになるんだろう……。

「いくら俺だって……」
　……と、低い声で言いかける。
　俯く私の目線に合わせるようにかがんだ。
　長い前髪が潮風にサラリと流れる。
「お前にそんなこと言われたら、期待すんだろ……」
　弾けるように顔を上げる私。
　視線を動かせば、タオルに隠された私の顔を覗き込むようにして、首を傾けていた。
　困ったような、怒ったような曖昧な表情。
　至近距離で囁かれた声。
「なんで、期待なんてするの……？」
　ドキン、ドキン……と胸が早鐘を鳴らす。
　暑い暑い夏の空に溶けてしまいそうな私の声。
「私のことを、いじめるくらいムカつくんでしょ……？なのに期待とか……。私への態度も……どうして、そんなに昔と違うの？」
　ずっと疑問だったんだ。
　汗の吸い付いたTシャツの上から、ドクドクと脈打つ心臓にそっと手を当てる。
　同時に、伏し目がちな表情をした桐生秋十の手が、私の頬へ触れる。
　ぐんっ、と体温が上昇していく。
「いくら嫌われても、俺はずっとお前に触れたかったよ」
　絞り出すような声に、鼓膜が震えた。
「……っ」

射るように私を捉えて離さない黒い瞳は、いつだって真っ直ぐに私を見つめる。
　そんな真剣な顔されたら、何も言えなくなる。
「おーい！　ニーナも桐生くんも、いつまでゴミ拾いしてるのー？」
　ひーちゃんだ……。
　弾かれたように顔を上げれば、少し離れた場所から、ひーちゃんがこっちに向かって叫んできた。
「……ご、ごめん！　今行くね！」
　全くゴミ拾いしてないじゃない！って、怒られちゃうかもしれない。
「これ……」
　頭に乗せられたタオルを桐生秋十へと差し出す。
「顔、赤いな？　全然日除けになってねぇし」
　そう言って笑う桐生秋十に私の胸はトクンと疼いた。

「ぷはぁっ――！　生き返るわー!!」
「ひーちゃん……おっさんみたいだよ？」
　水分補給も兼ねて休憩となった私達は、一度ホテルへと戻った。
「おっさんクサくて悪かったわね？　それより、ニーナは桐生くんとなに話してたのよ？」
「え、と……」
「それに、今朝だっておかしかったけど、颯太とも何かあった？」

さすがひーちゃん。
　まだ颯太とのことを話してはいなかったから……。
「まさか、告白でもされたの？」
　トンっと私の肩を押してひーちゃんが笑う。
「ち、違うよ……告白ってわけじゃなくて」
　上手く答えられない私に、ひーちゃんは目を大きくして驚いた。
　そして、私はひと呼吸置いてから、ポツポツと颯太に言われたことを話し始める。
「ふぅん。それ、告白みたいなもんじゃない？」
　ひーちゃんは小さく笑って私の隣へ腰を降ろす。
「えっ？　颯太が、私に告白なんて……だって、友達だよ？　いつもからかってばっかりだし、こないだも貧乳とか言われるし……」
「うん、ニーナが貧乳なのは言わなくてもわかるから大丈夫よ？」
　ポンッと私の胸に手を添えるひーちゃん。
「あぁ、間違えたわ。ぺたんこだから、ここが肩かと思ったわ」
　なんて、ケラケラ笑ってくるんだ。
「うぅ……どうせ私は貧乳だよ……！」
「あははっ！　ごめんごめん。セクハラだったわね」
　セクハラではあるけど。
　ひーちゃんのお陰で、少しだけしんみりした空気が晴れていく。

「まぁ……確かに颯太は色んな女子と仲いいし、わたしはそれをチャラいって言ってるけどさ。でも、颯太はニーナにはいい加減な気持ちでそんなこと言わないって知ってるよ」
「私には……？」
「そう。好きだから……傷つけたくないから。ニーナの隣にいるポジションを、アイツは失いたくないだけなの」
　高校に上がってから、私の隣にいる男の子はいつも颯太だった。
　どんな愚痴も、不満も、お母さんとの喧嘩話も嫌な顔ひとつしないで聞いてくれた。
「友達の壁を壊して好きな人のそばにいれなくなるくらいなら……このままで。そう思ってるんじゃないのかなぁ……」
　切なさを含んだ綺麗な横顔が宙を仰いだ。
「颯太の気持ち……全然、気づかなかった」
　まだ好きだと言われたわけじゃない。
　けど、あの日の颯太の言葉が私に今までと違う何かを伝えていた。
「あ……颯太と付き合えば？　ニーナがその気になれば、すぐにでも彼氏ができちゃう。そうなれば……あら不思議！　ニーナの願いが叶っちゃうんだからね？」
「私の願い……」
　ひーちゃんは口元に笑みを浮かべて言ったけど、その瞳は私がなんて答えるかを、すでに知ってるような目だった。
「そうだよ。いじめっこで、世界で一番大嫌いな桐生くん

をぎゃふんって言わせて、決別するチャンスじゃないの？」
「……」
　紛れもなく私がそう願い続けてきたことだ。
「まぁ、わたしが言えることじゃないんだけどさ？　ニーナは自分の気持ちに素直になりなよ。大嫌いな桐生くんを、好きになるなんて、おかしいことじゃないよ？」
「ひーちゃん……私。アイツのこと、あんなに大嫌いだったんだよ？　なのにもうずっと……桐生秋十のことばっか考えちゃって」
　戸惑って、苦しくて、切なくて……。
「むしろ好きになるのは当然だと思うな。恋の相手が桐生くんなら……」
　前に恋の相手は選べないって、ひーちゃんが言っていた。
「ひーちゃんはどうしていつも……桐生秋十のこと良く思って、いいヤツみたいに言うの……？　晴くんのことを知ったから？」
　ずっと疑問だったんだ。
　それは、いじめられていた私をかばってくれないことを指摘してるんじゃなくて。
　本当に、素直に気になっていたから。
　晴くんが笑顔を取り戻したのも、アイツの優しさがあったからだと思うし……。
「んーっ、晴のことはもちろんそう。あ……でも。それだけじゃないかな。桐生くんと、わたしは似てるなぁって思う……」

「いや……それはないよ！　いじめっこだった桐生秋十と、ひーちゃんが似てる……？」

ひーちゃんがなんでそんなことを言うのか全然わかんないよ。

「あははっ。ごめんね、意味わかんないよね？　でもわたしはニーナに気づいてほしいんだよねぇ。桐生くんだって、きっと……」

遠くを見つめるかのように声を落とした。

ひーちゃんはチラリと時計を確認すると私の隣から立ち上がり、ゆっくりと振り返った。

「その時が来たら、ニーナに教えてあげるよ」

彼の守りたい人

　――誰にだって、誰かを守りたい気持ちはある

　部屋を出たあとはホテルのイベントホールに移動して、水難事故や救助についての映像を鑑賞した。
　ライフセーバーの方々の話を聞き終えて、再び灼熱の太陽と青い海の元へと戻ったけれど。
　悲しいお知らせが……!!
「……マジかよ。これじゃ、ガキの水遊びじゃねぇか!」
　――バシャッ!
　足首まで海に入る颯太が水を蹴った。
「まさか、海水浴が禁止なんて……」
　ガクンと項垂れた私と颯太……。
　実は……水難事故を防ぐため高校生の私達が入れるのは、海辺付近のみだと先生に言われてしまったんだ。
　こんなに綺麗な海が目の前でキラキラしてるっていうのに、泳いだり海の中で遊んだりできないなんて……。
「しょうがないわよ。万が一、水難事故なんて起きたら大変なんだからね？　ふてくされないでよっ。子供かって！　わたしだって、ビキニが無駄になったんだから!!」
「は？　日和のビキニなんて見たら、3日はうなされるっての！」
　――ドゥクシッ!!!

当然、ひーちゃんの蹴りをくらったのは言うまでもないけど。
「……つか、ここからは自由散策だろ？　オレのスケジュール崩れたわ」
　脇腹を抑えながら颯太が唇を尖らせる。
　どうやら颯太は海で遊ぶってスケジュールを立ててたみたいだ。
　私だって楽しみにしていたよ。
　そりゃ、ダサい学校指定の水着だけどさ……。
　——ピシャッ！
「……きゃっ!?」
　突然、私の左隣から飛んできた水が頬に当たる。
「相変わらず隙だらけだよな、お前って」
　挑戦的な台詞と一緒に鼻で笑う声がした。
「な、なにそれ……っ、アンタこそ、小学校の時から変わってないよね……？　まだ、そんなことするなんて……っ」
　私に水を飛ばしてきたのは、もちろん桐生秋十だ。
　しかも、手で作った水鉄砲(みすでっぽう)で……。
「覚えてたんだ？　忘れてんのかと思った」
「覚えてるに決まってるでしょ……!!　プールの授業中、何度その水鉄砲の攻撃を受けたか……」
　こっちは怒ってるっていうのに、なんでそんな楽しそうに笑うの……？
「わたしも覚えてるわ。ニーナだけ、なかなかテストに受からなかったのよね？」

ひーちゃん、今そんなこと言う……!?
　事実……私だけみんなとは違うレーンで、クロールのテストの練習してたけどさ。
「お前、全然受かんなかったよな？」
「……アンタが邪魔してきたからでしょ！」
　息継ぎが下手だとかいちいち文句つけられて、本当に嫌だったんだからね。
「へぇ。最近は暴君も心を入れ換えたのかと思ってたけど、相変わらず大魔王なんだな？」
　砂浜にどかんと座った颯太が、皮肉を込めながら言う。
　颯太……？
「心を入れ換えるって。結城、なに言ってんの？　俺は何も変わってないんだけど？」
「だから、そんなお前のせいでニーナは最近変なんだぞ？　わかんねぇとか、呆れる」
　フッと息を漏らして笑う桐生秋十に対して、颯太の声が静かに怒ってるのが伝わる。
　目の前にいる私さえ見えないかのように、桐生秋十を睨んでいた。
「それは嬉しいよ。少なくとも、俺を意識してるってことだろ？」
　それなのに、桐生秋十は涼しげに答える。
　私は……何か言わなきゃと思って、暑さにやられた脳みそを1周、2周したけど、言葉が出てこない。
「思い上がんな……これ以上ニーナを振り回すなよ？」

「振り回してなんかねぇよ。俺は、ずっと仁菜しか見てないだけだ」
　胸の奥が焼けそうに熱い。
　刺すような鋭い視線が颯太に向けられていた。
「てめぇ……っ、よくそんなこと言えるな？」
　ダメだ、颯太がすごく怒ってる。
　颯太は苛立ちを全開に舌を打つと腰を上げた。
　私は急に不安に駆られる。
　自分のことなんだから割って入らなきゃ。
　焦り出したその時……。
「いってえなっ!!　なにすんだよ!?」
　颯太のＴシャツの襟を掴んだのはひーちゃんだ。
「やめなさいよ、颯太？　アンタは本気で殴りそう。学年主任のブルの耳に入ったら、即刻謹慎になるわよ？　いいのね？」
　ムゥッと眉を寄せて颯太の行き先を阻む。
「日和……なんのつもりだ？　謹慎くらいいくらってやる！ オレはもう大魔王相手に黙ってねぇって決めたんだよ！」
「……まったく。このくるくるパー！　ここで問題起こしてどーすんの!?　いい？　そういうのは、ニーナがいないとこで」
　まるで、子供に叱りつけるお母さんのように仲裁に入ったひーちゃんの声が、完全に止まった。
「ひ、ひーちゃん……？」
　これから雨でも降るかのように曇り出したひーちゃんの

表情に、思わず遠慮がちに名前を呼んだ。
　パッと、颯太の襟を解放したひーちゃんの視線の先には、
「晴……」
　ひーちゃんの不安そうな声が落ちる。
　少しだけ離れたところに、晴くんの姿がある。
　辺りにはそれぞれのグループが活動していたり、水遊びをしながらお喋りしていたりしてるけど。
　晴くんだけはこの自由散策にまるで興味がないみたいで、ボーッと海を見つめたまま立っている。
「……ぷっ。全然気づいてないっぽいから大丈夫だって！」
　……と。
　少し離れた場所には男子と女子が数人集まって、晴くんのことを見てクスクス笑っている。
　そのうちの１人が、背後から晴くんにゆっくり近づいていく……。
「バレないようにしてよね！　ＡＩみたいなヤツのビックリした顔、動画に撮ってやるんだからさ！」
「え、なになに？　マジで海に突き飛ばすの？　オレもその動画ほしい」
「同じグループだっていうのに、アイツ何してもつまんねーみたいだからさ。オレ達が遊んでやろうかなって！」
　明らかに晴くんのことを言ってる……。
　予想もしなかった言葉が飛んできて、心配になってひーちゃんを見ると、じっと黙ったままで。
　けど、髪の先まで怒っているのが私にはわかる。

小学校の時。
　ひーちゃんはよくこんな風に怒った顔をして、みんなを見ていたから。
「マジで表情変えないよなぁ、アイツ」
　ダメ……それ以上、なにも言わないで。
"晴も頑張ったんだよ。いっぱい頑張って……やっと、やっと笑ったの。だけど"
　ひーちゃんの悲しげな顔が脳裏に蘇った瞬間。
「笑わなさすぎて気持ち悪いから、慌ててるとこ見てみようぜ！」
　容赦なく吐き出された心ない言葉に、この場にいた誰もが、瞬く間に凍りついたと思う。
　だけど、次にひーちゃんを見た時には、
「……っ、……痛っ!!?」
　え……？
　ひ、ひーちゃん……!?
「誰だよ……っ、貝殻なんか投げてきたのは!?」
　晴くんを突き飛ばそうとした男子に命中したらしく、こちらに怒りの声が飛んでくる。
「今の、富樫さん……？　う、嘘でしょ？」
　それに気づいた女の子達が呆気にとられている。
　そして貝殻を命中させられた男子は、火がついたように海辺から走ってくる。
　ものすごい剣幕で……。
　マズイ……。

「なにすんだよ……っ!?」
「……」
　ひーちゃんはTシャツの裾をギュッと握り締めて立ち尽くしている。
「ま、待ってよ！　今のは、あの……っ」
　私は慌てて飛び出し、ひーちゃんのそばに向かった。
　けど、ひーちゃんは堅く口を結んだまま……。
　あの毒舌でハキハキと言葉を口にするひーちゃんが、どうして何も言わないの？
　ましてや、幼馴染みの晴くんのことなのに。
「ひ、ひーちゃん……言いたいことが、あるんじゃないの？」
　恐る恐る聞いてみたけれど返事はなくて、ひたすら眉をしかめたまま沈黙を貫く。
「富樫さん、なに黙ってんのよっ!?」
　――ドンッ！
　動画を撮ろうとしていた女子が、ひーちゃんの肩を強く押した。
　あっ！と思って、咄嗟に砂浜でよろけるひーちゃんの肩を支えた次の瞬間には、怒りに震えた彼女の手が、宙を切るように振り上げられる。
　私はひーちゃんの身体を引っ張り、その手を避けようとしたけれど。
　……あれっ？
　怖くてつい閉じてしまった目をうっすらと開く。
　そして、私は心の底から驚いた。

……艶やかな、黒髪が視界に映ったから。
「日和のこと傷つけたら許さないよ？」
　冷たく静かな怒りを宿す声。
　一瞬、私は誰の声かわからなかった。
　そこには彼女の手を掴んだ晴くんがいたから。
「晴……？」
　ようやく声を発したひーちゃんは、晴くんを見るなり今にも泣きそうな顔をする。
「だって！　富樫さんが……っ」
「見てたよ。でも、それは多分オレのせいかも？」
「……は？　た、滝澤くんのせい？」
　目を見開く彼女に晴くんは全てを見透かした口ぶりで「そうそう」と答えると、パッと彼女の腕を離した。
「オレ、気持ち悪くてごめんね？」
「…………っ!!!」
「いい動画は撮れた？」
　淡々と言う晴くんにギョッとした彼女は、逃げるようにこの場から立ち去っていく。
「あっ！　ひーちゃん……!?」
　今にも涙が零れ落ちそうなひーちゃんが、慌てて晴くんに背中を向けた。
　待ってよ、ひーちゃんが逃げることなんかないのに！
　……そもそも、なんでひーちゃんは、いつも晴くんから逃げるの？
　──グイッ！

だけど、そんなひーちゃんの二の腕を晴くんが引っ張った。私達の目の前で堂々と強く抱き締める。
　ひーちゃんのポニーテールが宙に揺れる。
　…………は、晴くん!?
「やっと捕まえた。日和、すぐ逃げるんだもん」
「っ」
　えぇ……!?
　この展開はいったいどういうこと……？
　キョロキョロする私を見た桐生秋十は、「バーカ」と涼しげに笑って呟いた。
「日和はオレのために怒ってくれたんだってこと、わかってるよ？」
　わかってるから……と。
　静かな海のように柔らかな声で問いかける。
　そして、優しく後頭部に手を回す。
「子供の頃から、ずっと怒った顔してる。オレのせいだね……？　ごめん」
　苦しそうに謝る晴くんの胸の中で、涙を堪えるひーちゃんは、ふるふると小さく頭を振った。
「消しゴムとか、給食のミカンとか、それから上履き投げたりしてたのも知ってるよ？　あー、恐いなぁ、日和は」
「っ、うるさい……」
「あはは。でも、そうやっていつも、オレのこと守ってくれてたのも、知ってる……」
　あ……。

私も陰口を叩かれていた時、消しゴムが飛んできたことがあった。
　ひーちゃんは、そうやって助けてくれたんだね。
「でも、オレはいつまで日和にこうやって守ってもらってんだろうって思った。だから、"もうオレのために何かしようって思わないで"って言ったんだよ……？」
　だからかな……。
　だから、ひーちゃんはあれだけ一緒にいた晴くんのそばを離れるようになったのかな？
　だけど。
　2人はいつも一緒がいいって私は思うよ。
「わたしは……晴の隣にいちゃいけないのかなって……」
「日和さ、ほんと極端だよね？　なんでオレがそんなこと言ったのか、理由も聞かないんだもん」
「えっ？」
　ひーちゃんの頭の上にトンっと顎を乗せる。
「今度はオレが……日和のことを、守りたい」
　揺るぎない声がひーちゃんの瞳に熱を宿す。
「日和のことが大切だからだよ？」
　その瞬間。
　堰(せき)を切ったように、ひーちゃんの瞳からは大粒の涙が溢れ出した。
　いつだって強気で、毒舌で。
　何ひとつ、怖いものなんてないかのようなひーちゃんが、涙で頬を濡らしている。

「それにオレは、日和が隣にいてくれると、もっと笑えるんだけどな？」
　——"オレはずっと日和一筋だよ"
　晴くんが私に言ったことを思い出して心を打たれた。
「どうしよう、アキ。日和のこと泣かせちゃった」
　ポンポンとひーちゃんの頭を撫でながら、晴くんがこっちを向く。
「晴らしいんじゃないの？」
　見守っていた桐生秋十がクスッと笑った。
　海に傾きかけていくオレンジ色の夕陽が、真っ直ぐに晴くんを照らし出した。
　初めて見た晴くんの心からの笑顔が眩しくて。
　優しい気持ちに包まれた私は目を細めたのだった。

ふたりだけの秘密

　——大嫌いなきみの手を握った時、ほんとは、泣いてしまいたかった

　チャプン……。
「あーっ、極楽極楽って感じ！」
「だから、ひーちゃんおっさんみたいだってば！」
　夕食を済ませたあとは入浴タイムだ。
　大浴場に浸かるひーちゃんの目がまだ赤い。
　きっと、今まで、晴くんへの思いを我慢してきたんだね。
「……ひーちゃん、私。全然気づいてあげられなかった。ごめんね？」
　広々とした大浴場にちっぽけな私の声が反響する。
　ずっと一緒にいたっていうのに。
　自分のことばかり相談していて、それをひどく情けなく思う。
　改めて、私は、ちっともわかっていなかったなぁって反省……。
「ううん。素直になりなよなんてニーナに偉そうなことばっか言ってて、わたしの方こそごめんね……？」
　火照る顔をこっちへ向けて謝るひーちゃんに、顔を横に振る。
「ひーちゃんは……怒ってたわけじゃなかったんだよね？」

ましてや狂暴でも乱暴者でもなくて。
　私は子供の頃のことを少し思い返した。
　ひーちゃんがいつも怒った顔をしていて、不機嫌だよねって言われていたのは本当のことだ。
　じっと耳を澄ませて、まるでみんなを睨むように、観察するように見つめていたから。
「……それは、晴くんのことを守りたかったからなんじゃないかなって。今頃、気づいちゃったよ」
　ひーちゃんは、照れ臭いのか恥ずかしいのか、ほんの一瞬目を泳がせる。
「怖がられても、乱暴者って言われてもよかった。わたしは、これ以上晴が傷つく方が、嫌だったから……」
　ひと呼吸置いて、胸の内を話してくれた。
「でも、いくら晴を傷つけたくないからって、物投げるのはダメだったかなぁ?」
　特にミカンはダメだよね、食べ物だし……と冗談っぽい口調で笑い飛ばしたけど、その天井を見つめる瞳が潤いを持つ。
「やめてって叫ぶべきだったのもわかってるんだけど。口より先に手が出ちゃったのよね……」
　へヘッと笑ったその顔は、心なしか晴れ晴れとして見えた。
「上履きは痛かっただろうね?」
「だろーね?」
　顔を見合わせてクスクス笑い合う私達。

「はぁ。物投げるなんて。なんか、わたし、誰かさんみたいね?」
「えっ」
　それって……。
　いやいや、まさかね?
　アイツはいじめっこだったんだから、晴くんを守りたいがために物を投げていたひーちゃんとは違うんだよ。
　声に出して言えない私は心の中で呟く。
「なーんてね?」
「っ」
　戸惑う私を見るなり、ひーちゃんは桐生秋十の口癖を真似て、私に笑いかけた。

「えー!?　これから肝試し……!?」
「そうよ!　颯太と晴も。あと桐生くんもいるよ?　他にも何人か誘ってるけどね」
　き、肝試しって。
　ほんとにそんなことする人がここにいたとは……。
　しかも、超嬉しそうにムフフって笑ってる。
　悪い顔だなぁ。
　部屋に戻ったあと突然告げられた肝試しの話に、私は思わずドライヤーのスイッチを切った。
「でも、どこでやるの?　ここは海だよ?」
「フフン。もちろん外になんて出ないわよ!　なんてったって、非公式の肝試しだからね!」

「ひ、非公式……?」
　口をポカンと開ける私にひーちゃんが得意気にルールを説明し出した。
「このあと下の階の颯太の部屋にみんな集合!　それから、5階に移動するわけよ」
「ちょ、ちょっと待った!　5階って……マズイんじゃない?」
　だって、そこには先生達の部屋があるんだから。
　にんまりと悪い笑みを浮かべるひーちゃん。
　ま、まさか…………?
「マズくないわよ?　だって、ブルの部屋をノックして見つからないように逃げてくる肝試しだもん!」
　だもん!　じゃないよ……!!
「…………それ、度胸試しだよね?」
「あー、まぁ、そんな感じね!!」
　いやいやいやいや、絶対マズイって!!!
　聞くところによると、ブルこと古田先生の部屋はその階の一番突き当たりにある。
　つまり……逃げるまで時間がかかるし、ダッシュなんてすれば足音が響いて、他の先生方に見つかるリスクも高いんだよ!?
「やめた方が……」
「じゃっ、髪乾かしたら颯太の部屋においでね!　わたしは先に行って、ペア決めておくからー!」
　──パタン!

ドアが閉まったあともすでにヒヤヒヤしていた。
　いやいやいや。
　見つかったらそれこそ謹慎(きんしん)とかにならないかな!?
　時刻は22時になろうとしている。
　悩んだけれど好奇心が勝ってしまった……。
　ちょっとだけ、みんなと騒ぐだけだし……。
　どうか、謹慎になりませんように!!
　颯太の部屋へ向かうために私は静まり返る階段をゆっくりと降りていく。
　……と、その矢先。
「蜷深……」
　階段を降りきったところに立つ人物が、私を見上げていた。
　ゲッ……。
「山本くん……」
　あの一件があってから山本くんとは話してない。
　だから、すごくすごく気まずい……。
「あのさ……ちょっとだけ話せないかな？」
「えっ？」
「話したいことがあって。まぁ、無理にとは、言わないけど……」
「……」
　やけに真面目な顔つきをした山本くんは、私の答えを待っている。
　だからって、いいよ、なんて言えないけれど。

「こないだみたいなことはしないよ……ほんと、約束するからさ」
　わ……私ったら、心の声が顔に出てしまったみたい。
「どうしてもこないだのことも謝りたくて。来てくれるなら、ホテルの入口の外で待ってるから……」
　そう言って山本くんは階段を降りていった。
　ど、ど、どうしよう……。
　これからみんなと肝試しだし。
　それに山本くんの言葉を信じてもいいのか、前回のことも考えると、私には正直わからない。
　だけどすごい真剣な目をしていた。
　もしかしたら私が来るまで待っていたとして、それで先生に見つかるかもしれない。
　それに、クラスメイトとしてこのまま、ずっとしこりを残すのは過ごしにくいし……。
　うん、と。
　決心した私は外へ向かうために、再び階段を降りようとした。
「どこ行くんだよ？」
「あ……」
　ビクリ、として肩が強張る。
　振り返るとまだ少しだけ髪の濡れた桐生秋十が、私を呼び止めた。
「結城の部屋はこっちだぞ？　お前も来るんだろ？　わけのわかんねぇ肝試し」

「行くけど……っ、その前に、ちょっと呼ばれてて」
「は？　呼ばれたって誰に？」
「え、と……」
　山本くんに……なんて言ったら、私は懲りないヤツだと思われるかもしれない。
　……って。
　私はなんでそんなことを心配してるんだろう。
「言えない相手？　まさかお前が告白でもされんの？」
「違うよ……！」
「ふーん。あっそ。早く戻ってこいよな？」
「え？」
「ガキの時みたいに、また探しに行くようなことになるなよ？」
「……っ」
　ドクッと心臓が不快な音をたてた。
　覚えてる……。
　桐生秋十は、林間学校のあの夜のことを、覚えてるんだ。

「ごめんな……っ、呼び出したりして？」
「ううん。は、話って……なに？」
　結局、さっきは桐生秋十に何も言えず。
　案の定。
　私が外に向かうと、山本くんは待っていた。
「こないだのことでさ」
　苦笑いを浮かべる山本くん。

わざわざ２人で話したいだなんて一体なんだろう？
「蜷深、オレに言ってたことがあるだろう？」
「……言ってたこと？」
　辺りは夜の闇に包まれている。
　遠くで蝉が鳴いていて、灯りは小さな金色のライトがぼんやりとついているだけだった。
「ほら……"逃げ出したくなるなんて簡単に言うな"ってさ……？」
「うん、言ったよ」
「ずっと気になってたんだよ。その言葉が。なんであんなこと言われたんだろうって。蜷深、すげぇ怒ってたし」
「……」
　山本くんが遠慮がちにこっちを見つめている。
「蜷深に父親がいないことも、小学校の先生やってたことも噂で聞いて知ってたけど……でも、まさか。死んでるなんて知らなかったよ……」
　静かな夜に山本くんの乾いた声が響く。
　なんで、お父さんの話を出してくるの……？
　まさかその話を持ち出されるとは思ってもいなかった。
「あ、病気とかで……？」
　ただの一度も、誰かに話したことはない。
「それとも、あれか、えと……事故とか？」
　お父さんが死んでしまった理由を聞いてくるなんて、この人はどこまで無神経なんだろう……。
　怒りとともにキシキシと胸が軋んだ。

思い出すと苦しくて、お父さんのことを聞かれる度に私はこうして口を閉ざす。
　だから、小5の林間学校の夜も、答えられずに私は逃げ出したんだ。
　けれど……。
「熱中症で倒れたの……お父さん。私を……探してる途中で……」
　ようやく発した声が震えていた。
　苦しくて胸が張り裂けそうになる……。
　でもこれ以上、山本くんにお父さんのことを詮索されたくなかった。
「そうだったのか……。蜷深を探してて、死んじゃうなんてな……」
　もう、なにも言わないでほしい。
　お願いだから。
「で、でも……っ、お前のせいで父親が死んだわけじゃないんだろ？　だから、自分を責めることないと思う！　気にするなよ！」
　その言葉が振り下ろされた瞬間、身体中に稲妻が流れたような衝撃を受けた。
「蜷深……？」
　呼吸が止まったみたいに私は息もできない。
　記憶に鍵をかけて、心の奥にしまい込んでいたはずだったのに。
　自分を許せなくて苦しかった。

あの茹だるような暑い夏の日。
お父さんの優しい手を、私は思い出した。

——"先生なんて辞めちゃえばいいのに！"
夕方に近づく夏の空の下に私の声が響いた。
つまらないヤキモチを妬いて、私からお父さんの手を放したんだ。
横断歩道へと飛び出して、ふてくされた私は家には帰らず町をぶらぶらして時間を潰した。
それから、夕焼け放送が鳴って家に帰ると、「あら？お父さんは？」ってお母さんに言われた時。
私は、ものすごく不安な気持ちに襲われた。
病院から電話があって駆けつけた時には、もう手遅れだった。
——"熱中症を起こしていたようですね"
お父さんは、私と仲直りをしようと思って、炎天下の中ひたすら私を探し回っていて、倒れた。
——"ニーナちゃんを見なかったかって聞かれたわ。怒らせちゃったから、謝らなきゃって"
近所の人がお母さんに話していたのを聞いていた私は、大声をあげて泣き叫んだ。
心がポキンと折れて、なんてひどいことを言ったんだろうって、取り返しのつかないことを言ってしまった自分を呪った。
お父さんが私に謝ることなんて、なにもしてないんだよ。

私が……。
　お父さんの気を惹きたくて、お父さんに私だけを見てほしくて、つまらない意地を張っただけで。
　それでも。
　お葬式(そうしき)に参列した近所の人、教員仲間、教え子達、保護者……誰ひとりとして私を責めなかった。
「お父さんはね、いつも仁菜に笑ってほしかったのよ。だから……そんな悲しい顔をしないで？　ね……？」
　私の涙を拭(ぬぐ)うお母さんの温かい手が震えていた。
　責められるよりも、許されることがずっと辛い罰だった。
　――手を放したのは、私だったのに。
「……っ」
　ほんの少しでも気を抜けば、涙が零れてしまいそうだった。とても立っていられずに、私はその場に崩れ落ちた。
　お父さんを忘れたいんじゃない。
　大好きで大好きでたまらなくて。
　だから、思い出すと胸が千切れそうで、後悔に押し潰されてしまいそうだった……。
「なっ、泣いてる……？　お前のせいだなんて、オレは思ってないし、蜷深が気にすることなんかなにも……っ」
「……よくそんなことが言えるよな？」
　え……？
　――グイッ！
　突然、痛いくらいの力で持ち上げられた私の腕。
　頭上から降ってきた、地を這(は)うような低い声は山本くん

に向けられたものだった。
「……なに泣いてんだよ」
　まだ少し、肩で息をしている桐生秋十が、闇に包まれた私を見下ろしていた。
　どうして……どうして、ここにいるの？
　まるで、林間学校の夜に戻ったようだった。
　あの夜。
　唯一、私を探しにきたのは大嫌いだった桐生秋十。
　さっきよりも強い力で腕を掴まれて、ようやく立ち上がることができた直後。
「き、桐生……っ!?」
　一連の様子を見ていた山本くんは、心底驚いた声で桐生秋十の名前を口にした。
「仁菜に、なに言ったんだよ？」
「……オレはなにもっ！　この前のこともあって、ただ……っ、蜷深の父親のこと聞いてただけで！　桐生は知らねぇだろ、蜷深の父親が、なんで死ん……」
　その続きを聞きたくないと拳を強く握ったその時、山本くんの言葉はそこで途切れ、私はゆっくりと視線を上げる。
　桐生秋十の震えるほど怖い瞳を向けられた山本くんは、ビクリと身体を揺らした。
「山本、お前は相当な覚悟があって言ってんのか？」
「……か、覚悟？」
「人の死について軽々しく口にする覚悟だよ」
「っ、軽々しく言ってるつもりなんかない！　オレはただ、

蜷深に自分を責めることないって……っ」
「お前の口から聞くことなんか、何ひとつないんだけど？」
　完全に山本くんの声を遮った桐生秋十。
　ゆっくり視線を上げた私に気づくと、瞳をふわりと緩ませて、優しい表情をしてくれた。
「俺は、山本みたいな人間を軽蔑(けいべつ)するよ」
「……っ!!」
　今度こそ打ちのめされた山本くんは顔を真っ赤にして、わざと私にぶつかると元来た道を走っていった。

　はぁ……と。心底深い溜め息が聞こえてくる。
「これで２回目なんだけど？」
「えっ？　２回目？」
　静けさを取り戻した夜の中。
　まだ心が震えたままの私に力を抜いた声が落とされた。
「忘れたのか？　お前のこと探しにきたの、これで２回目だろ？」
「……」
　桐生秋十は、覚えてる。
　林間学校の夜のことを。
　すると、息を吐くように笑う気配がした。
「泣きたいなら泣けば？」
「……な、泣きたい？」
　どこまでも私を見透かすような言葉に、桐生秋十の顔を見上げれば、真っ直ぐな瞳が返された。

「そんな顔してんだろ?」
「してないよ……っ、勘違いだから」
「嘘つけ。泣きそうな顔してるクセに」
「っ」
　月に照らされた桐生秋十の瞳は、私の嘘さえも簡単に見抜いてるみたいだ。
「泣きたいなら泣けばいいのに。ガキの頃からそうやって、ずっと強がって黙ったままだよな?」
「だから、私は強がってなんか……」
　どこまでも意地を張る私。
　素直になれない自分が嫌で、情けなくて。
　悔しくて、本当は泣きたいのに泣けなくて。
「もう、わかったから」
　……と。
　顔を隠して俯いた私の頭の後ろに回される手。
　そっと引き寄せられた私の身体は、優しい温もりに包まれた。
「泣いたっていいんだよ。お前のせいじゃない。わかってる」
「……っ」
　その瞬間、目の奥が熱を持ち、堰を切ったように涙が溢れだした。
　――〝なんで逃げるんだよ?　お前は悪くないだろ?〟
　ひとり逃げ出した林間学校の夜のことを思い出す。
　私を見つけた桐生秋十の真っ直ぐな声。
　たった1人……私の気持ちを汲み取ってくれたようで。

うずくまる私に差しのべてくれた手が、
——"一緒に、戻るぞ？"
言葉が、温かくて。
大嫌いなのに、その手を求めていた五年生の私は。
——"離すんじゃねぇぞ……"
その手を、ギュッと握り締めたんだ。
思い出したその声に、本当はあの時も泣いてしまいたかったんだってことに、気づいた。
だから、ずっと思い出したくなかった。
「泣いていいよ」
「……っ」
それなのに、今……再び私を見つけてくれて。
涙でぐちゃぐちゃで、嗚咽する私をこうして抱き締めてくれる。
ねぇ、どうして、何も聞かないの……？
「……お前のせいじゃないよ」
どうして、そうやって、私の心を守ってくれるんだろう。
どうして……。
「な……なんで？　理由とか、聞かないの？」
「お前が話したいなら、俺はいつでも聞くけど？」
「……」
「富樫もお前のこと心配してたぞ？」
沈黙した私の脳裏に、ひーちゃんの顔が浮かんだ。
「どうして、ここがわかったの？」
「片っ端から探したけどホテルの中にはいないし。だから

単純に外かもって思って来たんだよ。そしたら、お前の声が聞こえたから」
「私の、声……？」
「俺がお前の声を間違えるわけないだろ？」
「え……？」
　温かい腕の中でそっと桐生秋十を見上げた。
「ほんと、自分でも呆れる。どんなに嫌われても、無視されても、俺はお前の声に反応してんだよ。いつだって」
　……心臓が切なげな音を奏(かな)でる。
　私の涙を指先で拭うと、困ったように笑った。
「き……桐生秋十って、バカなの……？」
「は？」
　動揺を隠しきれない私はゆっくりと離れる。
　私は、そんなアンタを無視してきたんだよ？
　──"だから、こうやってお前の声聞けて俺は嬉しいんだけど？"
　3年ぶりに言葉を交わしたあの時も、桐生秋十はそう言って笑ったことを思い出した。
　涙が込み上げてきて、ぐっと堪える。
「てかさ、いい加減フルネームで呼ぶのやめろよな？」
「……だって、なんかもう、ずっとこうだし」
「名前で呼んでくれてもいいだろ？」
「……」
「なーんてな？」
　私が口ごもってしまうと、いつもの口癖で冗談っぽく

笑った。
　そして、当たり前のように、俯いた私の手をさらって歩き出す。
　まるで、初めてそうしてくれた時のように。
　繋いだ手が温かくて安心する。
　その背中を見つめながら私は小さく呟いた。
「ありがとう、秋十……」
　自分でもビックリするくらい、自然と声になった……。
　こうやって大嫌いなきみの名前を声にしたのは、何年ぶりだろう。
「っ」
　歩いていた足がピタリと止まって私へと振り返る。
「……人の気も知らねぇクセに」
　月明かりの下で。
　不機嫌そうに放たれた声には、さっきとは違って、余裕が感じられない。眉を寄せた桐生秋十の頬がほんのりと赤く染まっている。
　そして目が合うと、私の胸は高鳴った。
「お前は俺を困らせたいわけ？」
「こ、困らせるって……？」
　はぁっと、溜め息まで聞こえてきたけれど。
　お互い手は繋いだまま……。
「お前、俺と決別したいんじゃなかったのか？」
「……っ、そうだよ？　まずはぎゃふんって言わせて、それから……それから」

二度と考えなくていいように、決別するつもりだったのに……。
　なのに、きみの優しさが嬉しくて。
　きみを彩るひとつひとつが堪らなく眩しくて。
　──もっと、きみを。
「ほんとは、秋十ってもっと呼びたい……」
　今の秋十のことを、近くで見ていたいなんて思ってしまったんだ。
　矛盾したことを言った自分に呆れて下を向いた。
「それ、逆効果だってわかんねぇのかよ……バカ」
　その瞬間、秋十の腕は私の背中に回された。
　月の光に照らされて見惚れるくらい綺麗な瞳を、ただただ見つめるしかない私を、そっと抱き締めた。
「もっと呼んでよ？　お前の声で……」
　夏の夜。
　秋十の体温に包まれた私は、ようやく気づいたことがある。それは……。
　もう、私はきみに恋に落ちてるということ。

Chapter 4

それは真っ直ぐな想い

　私の世界の中心は、いつだってきみだったよ——

「もーっ、最悪なんだけどー！　あのブルドッグのせいで日焼けしたわっ！」
「かりんとう並みに焼けちまえよ。つか……あの夜も日和が騒ぐからバレたんだろーが！」
　臨海学習が終わって、週末を挟んだ月曜日。
　昼休みのランチタイムにひーちゃんと颯太の熱烈なバトルが繰り広げられていた。
「颯太が気配感じてたらバレなかったわ！」
「はっ！　とかなんとか言ってるけど、意外とビビってたのは日和だろっ!?」
　どうやら非公式の肝試しをした結果。
「……や、やっぱり、古田先生にバレちゃったの？」
　どうやら古田先生は会議的なものをしていたらしく、違う階の部屋にいたらしい。
　そして戻ってきた古田先生がひーちゃん達の姿を見つけて、背後から声をかけ、肝試しは終了……!!
「それで早朝からゴミ拾いしてたんだね……」

　心を入れ替えろ、と告げられた罰は２度目のゴミ拾いだった。

「なぁ、ニーナはどこにいたんだよ？　肝試し、来なかったろ？」
　ギクッ。
　実は……あの夜のことは部屋に戻ってから、ひーちゃんにだけ打ち明けたんだ。
　ブルにお説教されたにもかかわらず、心配して私のことをずっと待っていてくれたひーちゃん。
「……ニーナは棄権(きけん)って言わなかったっけ？」
「棄権？　いや……聞いてねぇし！」
「あっそ。とにかく、颯太のくるくるパーのせいで、最悪な思い出になったわけよ！」
　ひーちゃんの助け船にホッと胸を撫で下ろす。
「じゃあさ、日和。夏祭りでも行く？」
　ひーちゃんの隣にいた晴くんが、陽気な声で提案してくる。
「夏祭りって、毎年河川敷でやってるやつ？」
「うん。みんなで行かない？　きっと楽しいよ」
　海でひーちゃんと想いが通じ合った晴くんの顔は、心なしか穏やかに見える。
「そういえば今年は打ち上げ花火もあるって聞いたし……うん、行きたい！　ねぇ、ニーナも行くでしょ？」
　すっかり機嫌を直した笑顔のひーちゃん。
　だけど、河川敷の夏祭り……。
　お父さんとの思い出の場所であることに、私はためらってしまい曖昧に頷いた。

「颯太、アンタは行くの？　ねぇ、行くでしょ？　行くって言いなさいよ!?」
「……まだなんも言ってねぇし。日和ってほんと強引。行けばいんだろ、行けば」
　ゆるふわパーマをかきあげた颯太は苦笑い。
　ひーちゃんは、よしよしと腕を組んだ。
「じゃあ、あとはオレからアキに声かけておくから。終業式の夕方、どっかで待ち合わせしよ？」
　その名前にドキリと鼓動が揺れる。
　夏祭り、秋十も来るのかな……？
　もうすぐ待ちに待った夏休みがやってこようとしているけど。
　終業式──、それは秋十との約束の期限でもある……。

　ジージージー……。
　あぁ……、夏だなぁ。
　ずっと蝉（せみ）が鳴いてるよ。
　本当に、暑くて溶けちゃいそうだ。
　私は普段めったに来ない中庭の草の上でゴロンと寝転がっていた。
　果てしなく広がる夏の青空を見つめながら、もうすぐ秋十と約束していた期限が来るなぁってぼんやり思った。
　あんなに必死に意気込んでたのが嘘みたい。
「……あ、いたいた。ニーナみっけ！」
　青空の中に、颯太の姿が飛び込んできた。

「わっ!! ビックリしたぁ……! てか、よくここってわかったね?」
「オレが初めてニーナに声かけた場所だったから、なんとなく?」
　八重歯を見せた颯太が私の隣に寝そべる。
　そうだ。
　入学当初、秋十がキャーキャー騒がれてるところを見て不愉快な私は、この中庭にやってきた。
　――"もしかしてお前はアイツが嫌いなの?"
　颯太に初めてここで声をかけられたんだ。

「ニーナは夏祭り来んのか?」
　大の字で寝そべる颯太の手が私の頭に触れた。
「……行きたいけど、でも」
「あー、ニーナは夏祭りより終業式の方が重要だもんな? 大魔王と約束した期限だろ?」
「うん」
　私の負けだ……。
　まさか、秋十に心を奪われることになるなんて。
「なんでも言うこときくんだろ? やべぇじゃん。彼氏なんかできそうにねぇし?」
　茶化すようにケラケラ笑う颯太。
　目線を動かすと颯太も同じようにこっちを見る。
　けど、その瞳が少し遠慮がちで颯太らしくない。
　臨海学習の前、颯太との放課後の会話が脳裏に浮かんだ。

今までなら、大魔王なんて大嫌い！って、颯太に愚痴って同情してもらっていたのに。
「……もう、見てらんねぇな」
「え……？」
　寝返りを打つようにこっちに身体を向ける。
「ニーナにそんな顔させてんのは、やっぱりアイツなんだな……」
「颯太……？」
　距離がぐんっと縮まって、生温い風に揺れる颯太のゆるふわパーマが、私のおでこを撫でる。
「ニーナの中心はいつも桐生秋十かよ……」
「っ、秋十は……」
　私の口を衝いて出た名前に颯太の眉が歪む。
「……ニーナが名前で呼ぶのは、オレだけがよかったんだけどな？」
　颯太の乾いた笑みがやけに悲しくて。
〝オレのことは名前で呼んでくれんの〟
　目の前の颯太の傷ついた顔から目を伏せた。
「オレにとってニーナの隣は特別なんだよ。だから、大魔王のことなんか見てほしくねぇ……」
　苦しそうに吐き出された言葉に鼓動が速くなる。
「ニーナの笑った顔も、どんくさいとこも、しょーもない考えで日和に怒られてるとこも。全部……オレだけのものだったらいーのにって」
　ぎこちなく笑みを零す颯太に、私の心は締め付けられる。

颯太は太陽みたいに眩しくて。
　颯太の隣は、いつも居心地がよくて。
　無邪気な笑顔を見ていると、どんな時もこっちまで笑っちゃうんだ。
　私に良いところなんてひとつもないのに。
　それでも、颯太はそんな私の欠点ごと受け止めてくれた。
　私を見つめる眼差しがいつも優しくて、お日様みたいに温かくて。
　この先。
　私と颯太の関係が変わってしまうかもしれないと思っても、真っ直ぐな声から、目を背けることはできなかった。
「彼氏……オレにすれば？　大魔王より優しくする自信あるよ？」
　くしゃり、と。
　その言葉通り優しく私の髪を撫でる。
　いつも隣にいてくれたのは颯太で。
　私にとっても颯太は特別な男の子だった。
　だけど、私の心の中にいるのは。
「……颯太は、友達だから」
　──世界で一番大嫌いだった、きみで。
　私の言葉に大きく息を吐いた颯太が口を開く。
「知ってるっての……別に困らせたいわけじゃねぇんだよ」
「……」
「我慢できなかった。ニーナが、アイツのこと名前で呼ぶから」

いつの間にか名前を呼んでいる私がいて。
　そうしたいって思っているのも本音で。
　私の髪に通した颯太の指がゆっくりと離れる。
「だってそれって、アイツのことが好きだからだろ？　オレには、わかるから……」
　颯太は確かに隣にいるというのに。どこか遠くに行っちゃいそうな寂しさが私の中に広がる。
　友達の好きと、恋の好き。
　それがこんなに違うだなんて、私は今まで知らなかった。
　……きみに恋をするまでは。

　──終業式まであと数日。
　昨日のことがあったせいか、颯太とはいつもみたいに話せなかった……。
　お互いに目が合っても自然と逸らしたり。
　当然、ひーちゃんにはお見通しだったらしく。
　理由を聞かれてようやく話した私にひーちゃんは、「恋の相手は選べないからね」と寂しげに声を落とした。
　その意味が、今さらわかってしまう。
　──恋って。
　気づいたらもう、おちてるものなんだ。
「仁菜、ちょっと来てくれないー？」
　突然聞こえたお母さんの呼び声に、部屋を出る。
「……えっ！　お母さん、これどうしたの？」
「ふふ。お母さんが昔着てたんだけど、お直しに出しててね。

今日、仕事のあとに受け取りに行ったのよ」
　狭いリビングの壁に掛けられていたのは、ひまわりの柄の白い浴衣だった。
　淡いブルーの帯が夏らしくて涼しげだ。
「ほーら、絶対似合うわよー！　ニーナに着てほしいのよねぇ」
「……この浴衣、私に？」
　ニッコリと笑って私を見つめるお母さん。
　そのためにお直しに出してくれたんだろうけど。
　でも、この浴衣を着てほしいって……。
「……今年は、夏祭りに行ってみたら？」
　毎年、夏が来る度に、町内の回覧板で河川敷の夏祭りのお知らせが一緒に回ってくる。
　それを嬉しそうに教えてくれたお母さん。
　だけど、私は一度だって行かなかった。
　お父さんとの大切な思い出の場所に行く勇気が、私にはなかったから……。
　夏がやってきても、弱くて、逃げてばかり。
　いつになっても前を向けない。
「夏祭りは、ひーちゃん達と行こうって話になってて、だけど……」
「あら、そうなの？　じゃあ、秋十くんも来るの？」
　お母さんの表情がパァッと明るくなる。
「い、いや、それは、まだわかんないんだ……」
　本当に、お母さんにとって、未だ色褪せぬヒーローのま

まなんだなぁ。
　時々、秋十のことを聞いてきては、お母さんが嬉しそうにしてるのを私は知ってるんだ。
「お母さん思うんだけど、秋十くんと夏祭りに行ったら、お父さんも喜ぶと思うわよ？」
「……お父さんが？　なんで？」
　どうして、秋十と一緒に……？
　なんで、お母さんがそんなことを言うの？
「ねぇ、仁菜はやっぱり秋十くんが嫌い？」
「っ」
　投げ掛けられた言葉に私の頭は真っ白になる。
　お母さんの前で嫌いだなんて話したことは、一度だってなかった。
「秋十くんの話をする仁菜の顔が、ちっとも嬉しそうじゃなくてね……」
　私はいつもいつも無理に嘘のヒーローを作り上げて、いくら意地悪されても、でたらめに話してきた。
　……だから。
　お母さんの中でいつまでも桐生秋十はヒーローだったはず。なのに、なんで嫌いだってことを、知ってたの？
「子供の顔を見れば、お母さんはわかるの」
　そっか。お母さんは、子供のことはなんでもお見通しだったね……。
「……だ、だって！　いつも、意地悪してきて……ほんとに、意地悪なヤツで……っ」

すると、お母さんはタンスの上に飾られた写真へと目を向ける。
　豪快に笑うお父さん。
　大好きな……私の大好きな、お父さんの笑顔。
「それは、本当に意地悪だったのかな……」
　お母さんの、凪いだ海のような声が宙を舞う。
　けど、そっと私を見つめる瞳がほんの一瞬、悲しそうに揺れた。
「私だって、わかんないよ……っ」
　苦しくて、泣きたくて。
　私はアパートを飛び出した。

本当のきみを見つけた

きみの言葉の本当の意味を、私は知らなかった
――思い出からは逃げちゃいけない

　ハァッ……。
　全速力で走ったせいで息があがる。
　なんで、お母さんがあんな悲しそうな顔をするんだろう。
　秋十が私をいじめていた理由なんて、私だって知らない。
　ムカつくからって、いつもそれしか言わなかったから。
　夏の炎天下にさらされた肌に汗が滲んでいる。
　私はスーパーの前にある横断歩道で足を止めて、答えのわからないことをひたすら考えていた。
　クマ蝉の声が空へと響く。
　夕方に近づいても相変わらず茹だるような暑さ。
　陽炎(かげろう)の向こうにある町並み。
　そして私は、お父さんと最後に手を繋いだ場所だってことに、ようやく気づいた。
　信号が青に変わって横断歩道を渡る寸前。
「ワンッ！」
　私を引き留めるかのような、元気のいい犬の声が聞こえてきた。
「え、あ……ルルちゃん……っ!?　って……なんか、おっきくなった？」

ちょっとだけ舌を出して私を見上げる、うるんだ瞳が愛らしいのは変わらない。
「おっきくなったんじゃなくて、太ったんだよ」
　　——ドキリッ。
　　笑いを含んだ声に私がリードを辿ると、当然そこにはご主人様の秋十が立っていた。
　　ダークチョコレート色の髪が、光を浴びてキラキラしてる。
　　そ、そうだった……。
　　ルルちゃんがいるってことは、必然的に秋十もいるってことなんだから。
　　別に、こんなドキッとすることでもないのに。
「お前、なにしてんの？」
　　口元に笑みを浮かべて聞いてくる。
　　白いTシャツの裾が夏の風に小さく揺れた。
「……さ、散歩」
「どこが散歩なんだよ。さっきからずっとそこに突っ立ってたろ？　暑さにやられたか？」
　　フッと笑いを漏らす秋十が、私へと足を進める。
　　いつから見られてたんだろ……。
　　確かに、こんなところにずっと突っ立ってたのは事実なんだけど。
「そういや、晴から聞いた。お前も夏祭り来んの？」
「え、いや。まだ……考えてるっていうか」
「そんな悩むほどのことじゃないだろ？」

目の前で足を止めた秋十が、またクスッと笑う。
　そんな仕草にさえも私の鼓動は反応しちゃうから、自分でも本当に困る。
「……終業式のこともあるし」
「ふーん。それは悩むよな？　お前の負け確定だもんな？」
「うっ……」
「なんでも言うこと聞くんだろ？」
　余裕を見せるかのように意地悪く口角を広げる。
　悔しい気持ちはあるけど、反論なんかできっこない。
　だって。
　大嫌いなその瞳に私が映るだけで、胸は高鳴る。
　そのわけを知ってしまった以上、私の負けは決まったも同然で。
「彼氏できそうにないみたいだし、夏祭りに来るって条件で手を打ってやるよ？」
「……はっ？　それが条件？」
　いやいや、ちょっと待って……。
　夏祭りに行くってことが？
　なんでも言うこと聞かなきゃいけないんだよ？
　そんなことで済ましてくれるの？
　こ、これは……なんか裏がありそうな気が……。
「なんだよその顔は。嫌なわけ？」
「違うけど……」
　どうやら本気だ……。
　「なーんてな？」って、いつもの台詞も出てこないんだ

もん。
「簡単なことだろ?」
「……」
　答えを待つ瞳が迫ってくる。
　河川敷の夏祭りに行くなんて簡単なこと。
　むしろ、大魔王だった過去のある秋十が、それを条件にしてくるなんてラッキーだって思う。
　だけど、私には難しいことだった。
「なんで黙ってんだよ?」
「……」
「河川敷の夏祭り、そこに来ればいいだけだろ?」
「……」
「なんか嫌な思い出でもあるわけ?」
「嫌なんかじゃ……!」
　キッパリと最後まで言い切れなかった。
「じゃあ、来られるだろ?」
　その言い方に心臓がざわざわと音をたてる。
　来られる……なんて。
　まるで私が行けないってわかってる口調。
「違う条件にしてよ……夏祭りには、行かないから」
　不安にも似た気持ちが沸き上がって、咄嗟にくるりと踵を返した。
「逃げるのかよ?」
　秋十の澄んだ声が私の背中に刺さる。
　振り返れば、一瞬。

夏の陽射しに目を焼いて、白い世界に染まる。
「……そうやって閉じ込めて、思い出さないつもりか？」
「え……っ？」
　陽炎に揺れる秋十が、怒りを宿した瞳で私を見つめていた。
　もう一度、視線を戻す。
　だけどその瞳は私を責めているようで。
　ドクドクと胸の内側から嫌な予感が込み上げてくる。
「俺がなんにも知らないって、本気で思ってんのか……？」
　なんで、そんな怒った顔をしてるの？
　──"お前が何を隠してるか、俺は知ってんだぞ？"
　ふと……北校舎裏で言われたことを思い出して、胸がキシキシと嫌な音を鳴らした。
　心の裏側まで見透かした瞳。
　ずっと、大嫌いだった真っ直ぐな黒い瞳。
「このまま"先生"のこと忘れんのかよ？」
　──"先生"
　今、なんて…………？
「あの夏の日……先生は、お前を探してた」
「っ」
「先生が死んだのは、お前のせいじゃない。けど、いつまでそうやって逃げるつもり？」
　息が止まりそうになる。
　記憶に鍵をかけて、思い出さないようにしてきた。
　私だけの秘密だった。

どうして、秋十がそれを知ってるの？
「……せ、先生って。なんで……お父さんのことを、先生なんて言い方するの……？」
　口をついて出た自分の声が震えていた。
　だけど、たったひとつ。
　……気づいてしまったことがある。
「──先生は、俺の担任だったから」
　きみは、私のお父さんをとてもよく知ってるということ。

　──そして、私は本当のきみを知らない。

「……晴達の学校に転校する前、小２の時。俺……どうしようもない問題児だったらしい。こんな低学年のうちからこれじゃあ……って、教師は、みんなお手上げで」
　自嘲気味な笑みが、どこか寂しそうに揺れる。
「気持ち伝えるより先に頭で考えて、結局毎回クラスメイトに声かけられなくて、それが……睨んでるって誤解されて。怖がられてるのは、わかってたつもり」
「……」
「注意されて、誤解を解こうとすれば教師に制されて。謝りなさいって言われれば、納得できなくて。いざ本音を口にすれば、それが……嘘だって受け取られた」
「……」
「オオカミ少年……って。俺は、嘘なんかついたことないけど、教師からもクラスメイトからもそう呼ばれてた」

私より１年早く転校してきた秋十。
　実は転校生だということを感じさせないくらい、人気者でクラスの中心にいた。
　だから、オオカミ少年なんて。
　そんなこと、きっと、誰も知らない。
「教師という教師にいつも見張られてるみたいで、居心地は最悪だった。俺がなにか言えば、目が合えば……」
　──"桐生くん、嘘ついたらダメよ？"
　そう言葉が返ってくるのが当たり前だった……と。
　視線を落とす秋十の横顔を見つめていると、子供の頃の秋十が重なって、泣いてるように見える。
「誰も信じてくれなくて、あの頃の俺はきっと……笑わない子供だったと思う」
「っ」
「担任の"蜷深先生"だって、何も言わなかった。何も言わずにただ……俺のことを──俺を、ずっと見てたよ」
　先生だったお父さん。
　自分の人生そのものだ……と、子供達と精一杯向き合った、お父さん。
　お母さん、私に教えてくれたよね。
「いつも俺を見てた。お前も、俺を嘘つきだって思ってるクセに、って……どれだけ暴言吐いても、先生だけは何も言わずに笑ってた」
「お父さんが……」
　ゆっくりと。

たっぷり汗をかいて強張った手の力を抜きながら、視線を上げる。
「俺を見る先生の目は、いつも優しかった……」
　ふわり、と。
　淡く微笑んだ秋十は空に溶ける夏の雲みたいで。
　ふと、遠い彼方を見上げて、再び言葉を紡ぐ。

　降り積もる言葉はいつか、俺を押し潰すんだろう。
　子供ながらにそんな予感がした。
　いつだって、睨んでもないし、怒ってもないよ。
　ただ……。
　クラスメイトとして、受け入れてほしかったんだ。
　――"桐生がまた僕を睨んでた！"
　違うよ。
　靴紐がほどけてるって教えてあげたかった。
　――"先生、桐生くんがウサギ小屋の鍵を返してくれません！"
　それは、きみに直接返したかったんだよ。
　――"嘘をついてはいけません。睨んでいたんでしょう？"
　職員室に呼び出されて、俺の名前も覚えてない教師達が刺すように俺を見て、もう懲り懲りで、苦しくて。
　どんどん埋もれていく自分が惨めで、嫌で。
　批難、疑い、不信、孤立、不安……。
　そんな、毎日しか見えなくて。

……だったら、みんな消えちゃえばいい。
　どろどろの気持ちが溢れてきて、行き場のない感情を吐き出せなくて。
　それなのに、堪らなく泣きたくて。
「どうして、お友達を睨んだりするの!?」
　言葉なんてもう見当たらない。
　教師から容赦ない声が降ってくる職員室で、もうダメなんだって、無力な小さな手を握った。
「睨んでなんかいませんよ?」
　穏やかな声が耳に届いた直後……。
「っ、……!?」
　……ひょいっ、と。
　床から足が離れてふわりと宙に浮いた感覚。
　目線が大人達と同じになったのは、震えた俺の身体が抱き上げられていたから。
「秋十は、睨んでなんかいないです」
「……っ」
　いつもでかい声で笑う人。
　そのクセ、いつも、ただ黙って俺を見てきた人。
　俺の担任——"蜷深誠二（せいじ）……"。
「に、蜷深先生……っ!!　困りますよ?　あなたの受け持ちのクラスの子なのですから、悪い子はきちんと叱ってもらわな……」
「秋十はいい子ですよ?　子供に、悪い子なんていませんから」

「なっ、何を言ってるのですか!?　悪いものは悪いと、教える必要があります……！」
「悪いのは、周りの大人ではないですか？　もちろん、僕も例外じゃないです」
　先生の腕に抱き上げられた俺は、初めて許されたような気持ちになった。
「子供は、みんないい子ですよ」
　本当は、もう泣いてしまいたかった。
「っ、放せよ……!!　お前だって、どうせ俺のことなんか、信じてないクセに！」
「……」
「俺が嘘つきだって思ってるんだろ……！　みんなが、睨んでるって言えば、そっちを信じるんだろ……!?」
　すとん、と廊下に俺を降ろした先生は、哀れみでも、怒りでもなく、微笑んでただ俺を見つめていた。
「な、なんで、いつも笑ってんだよ……みんなは俺のこと……悪い子だって。みんな……誰も、信じてくれなくて……いつも……」
　苦しくて、心が折れそうで。
　だけど。
　ポンっ、と頭に乗せられた先生の大きな手。
「それは、悲しいね……？」
「っ」
「わかってるよ。秋十は、みんなと友達になろうとしていたんだよね？　なんて気持ちを言葉にしたらいいか、わか

らなかったよね?」
「俺……」
 もう、限界で。
 俺の世界は壊れかけていて。
 何を言えばいいかわからなくて。
 泥まみれの気持ちが心を押し潰して。
 もがけばもがくほど苦しくて。
 それでも、先生は俺のぐちゃぐちゃな気持ちを掬い上げてくれた。
「秋十。気づくのが遅くて、ごめんね?」
 先生の優しい瞳と目が合った俺は、ようやく全てを吐き出すように泣いていた。
「秋十は、誰かを守ってあげられる人になるといいよ。きっと、誰かの力になれるから」
 先生が俺の心を守ってくれたように。
 転校が決まった俺に、先生がくれた言葉。
 ——ずっと、今も俺を支えてる。

 黒い瞳が空からゆっくりとこちらへ降りてくる。
「……先生がいたから自分のことを好きになれたし、周りの人間を信じてみようって思えた。先生がいたから、転校してからも俺はありのままでいられたんだと思う。だから、まさか……」
 アスファルトに落とされた声が小さくなる。
「先生が死んじゃうなんて、嘘だろ……って。前の学校の

奴等から聞いた時は、冗談にしては度が過ぎてるって……信じたくなくて……」
　悔しさを圧し殺すように呟いた。
　大切な思い出があったのは、私も、秋十も同じだったんだね。
「嘘だって……信じたくないって。先生の葬式でそう言ったら、逆に言われたよ」
　……誰に？
　そう聞こうとしたけれど。
「……"覚えててくれたら、嬉しいな"って。仁菜の母さんに」
「……え？」
　驚いて、目を大きくする私は、お母さんとの会話を思い出した。
　……あぁ、そっか。
　お母さんは、最初からずっと知ってたんだね。
　桐生秋十があの男の子だってことを。
　私を助けてくれた男の子の名前を聞いて、お母さん……"すごい偶然だね"って嬉しそうに言っていたよね？
　だけど、知っていたんでしょう。
　お父さんのことを忘れずにいる男の子が、こんなにも近くにいるよって。
　本当は、ずっと。
　きっと私に気づいてほしかったんだ。
「河川敷で、お前を初めて見つけた時。俺の方がビックリ

したんだぞ？」
「え……？」
　記憶を辿ってみれば、あの日の秋十は、私を見つめて驚いていた。
　確かめるように私の名前を繰り返した、秋十。
「先生、いつも仁菜のこと話してくれたから。職員室の机に写真飾ってて、"恥ずかしいから内緒な？"って。俺に口止めしてさ……」
「……お父さん、が？」
　初めて知る話に、胸が張り裂けそうになる。
　だって、私はいつもお父さんの気を惹きたくて。
　あの日もつまらないヤキモチで怒って。
　だけど、本当は。
　いつも私のことを見ててくれてたなんて。
　そんな、嬉しいこと……。
「だから俺はお前の顔見て、名前聞いてすぐにわかった」
「……」
「先生のことを忘れたことなんか、一度もなかったから」
　けど、私は……。
「お前は、先生のこと思い出さないようにしてた。ガキの頃からいつもひたすら黙ってるだけでさ……」
「っ」
　秋十が私を射るように見つめる。
「思い出から逃げるなよ、仁菜……」
　私には、秋十の曇りのない、心の内側まで見透かすよう

なその瞳が痛くて。
　いつだって、逃げてきたのは私の方だった。
　子供の頃に戻ったような真っ直ぐな瞳が、私から地面へと落とされる。
　同時に……なぜか少し泣きそうな顔をした秋十が、ぽつりと零した。
「きっと、それがお前の精一杯だったんだろうなって……」
　思い出さないようにしてきた。
　ずっと、そうすることでしか自分の心を保つ方法がわからなくて。
　そんなこと正しくないって、お父さんが嬉しいわけないって、わかっていたのに。
　それでも、それが私の精一杯だった。
　寄り添うような秋十の言葉に、私はただただ泣きそうになって。
「お前って、やっぱりバカだよな」
「え……？」
　瞬きをすれば涙が零れ落ちてしまいそうになる私に降ってきたのは、いつもの……大魔王らしい秋十の声だった。
「泣きそうな顔して俯いてるお前より、笑ってるお前のほうが先生は好きなんじゃないのか？」
　真っ直ぐに私へと投げかけられた言葉。
　弾けるように顔を上げれば、目の前には少し困った表情で笑う秋十がいて……。
「俺はそう思うけど、お前はどうなんだよ？」

私は……。
　――"お父さんは仁菜が笑ってる顔が、大好きなんだけどなぁ？"
　あの日の、お父さんの優しい声が鮮明に蘇る。
　私は声にならない代わりに涙を堪えて何度も頷いた。
「ほんと、意地っ張りだよなお前は。バカ……」
　溜め息混じりに呟いた秋十の手は私の頭の後ろに回されて、そのままゆっくりと、胸の中へと引き寄せられていく。
「……っ」
　どうしてかな……。
　意地っ張りとかバカとか、そんな……ちっとも嬉しくないことを言われてるのに、私は今それがなんだか嬉しくて。
　本当のきみは、こんなにも温かい手を持っている人で……。
　秋十の胸の中で、今度こそ本当に、涙が零れ落ちた。

やっぱり、きみはヒーロー

――不器用なきみは、やっぱり、ヒーローだ

　家に帰ると、お母さんはアパートの前で私を待っていた。
「帰ってきてくれて、よかった……」
　迷子になった日と同じように。
　飛び出したのは私なのに抱き締められるとお母さんの匂いがして、温かくてものすごく安心した。
　謝る私の肩を抱いてくれた。
　家の中は、ひまわりの浴衣が掛かったままで。
「お母さんに声をかけてくれた男の子は、秋十のことだったんだね……？」
　お父さんの写真を見つめた私は、もう目を逸らしたりしない。
　いつまでも思い出から逃げてちゃいけないから。
「よかった。やっと気づいてくれたね？」
　涙声で呟くお母さんは私に教えてくれた。
　秋十が、お父さんのお葬式で、ずっと棺の前から離れなかったこと。
　声をかけてくれた秋十の名前を聞いて、すぐにお父さんの生徒だったと気づいたこと。
　私を……写真で見て知ってると話してくれたことも。
「お父さんが飾っていた写真はね、子供の日の時に撮った

写真で。可愛い可愛いって、もう、お父さんったらすごい気に入っててね……」
「っ」
「だからね、仁菜。あなたには、もっとお父さんの話をして笑っててほしいんだけどなぁ」
「……うん、私。もっと、お父さんのこと話したい……本当は、もっと」
　どんな思い出にもお父さんの笑顔が残っているよ。
　お母さんの少し荒れた手が、私の手に重なる。
　お父さん、ごめんね……。
　苦しくて、辛い思い出にしてごめんなさい。
「仁菜が思い出してくれることが、お父さんは一番嬉しいんだよ」
　私とお母さんと。
　そして、豪快に笑うお父さん３人で、私達は笑いあった。

　――夏の太陽が高い位置にある今日。
「やったぁ！　今日から、夏休みじゃんっ！」
　ついにみんなが待ちに待った夏休み。
　校長先生の長いお話が終わるとともに終業式が終わった教室で、ひーちゃんがぐーんと伸びをした。
「ねぇねぇ。夏祭りだけど、みんな６時に待ち合わせでいい？」
「ハァ？　わざわざ待ち合わせなんかしなくても、河川敷行けば会えるだろーが」

颯太の抗議の声にムッと唇を尖らせたひーちゃん、そして晴くんがこっちへと集まってくる。
「あっそ！　じゃあ、颯太はひとりで来ればいいんじゃない？　ひ、と、り、で！　わたしと晴とニーナは一緒に行くから！　ね？」
「う、うん……」
　ふんっ、と鼻を鳴らすひーちゃんを見て、颯太が溜め息をついた。
「……好きにしろよ」
　一度、目が合ったけどすぐに逸らされてしまう。
　あれから颯太とはあまり話せてない。
　今までなら前の席の颯太は何度もこっちへと振り返ったりして、お喋りして、笑い合っていたのに。
「2人、なんかあったの？」
「えっ」「はっ……!?」
　ドキリ!!
　じーっと視線を送っていた晴くんの鋭い突っ込みに、私と颯太の声が被った。
「だってさ、なんていうか、離婚直前の夫婦みたいだよ？」
「なんだそれ！　夫婦じゃねぇし！　つか、結婚してねぇし！」
「なに真面目に答えてんのよ？　ほんと、颯太って、くるくるぱーだわ」
「あはは。はーくん、突っ込んでくれてありがとう」
「はーくん……!?　気色わりぃ呼び方すんな！」

は、晴くんってば、何気に楽しんでる……？
「おい、ニーナ！　お前もなんとか言ってやれ！」
「え……、いや、うん。冷めきってなんかないよ……！」
「ほらみろ。なんで、オレとニーナが離婚寸前の関係になんだよ!?　な？」
「……う、うん！　全然、冷めてなんかないよ？」
　すると、晴くんとひーちゃんが顔を見合わせる。
「ぷっ……あはは！」
「え、な、なに？」
　晴くんもひーちゃんもなんで笑うの？
　なんか変なこと言った？
「なぁんだ。アンタ達、大丈夫そうじゃん？　2人して口から魂(たましい)抜けてたから、心配したけど」
「た、魂……!?」
「でも、よかった。ニーナと颯太が口もきかないなんてことがあったら、どうしようかと思ったから」
「……」
　今度は私と颯太が顔を見合わせる。
　けど、お互いに目を逸らしたりはしない。
「オレがニーナと口きかないとか、ありえねぇし」
　そう言って颯太が先に笑ってくれる。
　ひーちゃんは私と颯太の様子が変なことを心配してくれてたんだね。
　晴くんも、お見通しって顔をしてるし。
　二人には敵(かな)わないな……。

「じゃ、わたしは晴と帰るから。6時に河川敷の前の坂に集合ね！　時間厳守よ！　遅れたらチョコバナナ奢らせるからね！」
「日和が食べたいだけだろ？」
「颯太の場合は100本買ってもらうからね！」
　……と、さりげなく毒を吐いて笑った。
「ねぇ、蜷深。アキ知らない？」
　ひーちゃんと颯太のバトルを見てる私に、コソッと耳打ちしてくる晴くん。
「……み、見てない。今日、話してないから」
「そっか。みんなで一緒に夏祭りに行こうって誘ってるんだけど、アキに振られっぱなしでさ」
「そ、そうなんだ……」
「蜷深だってアキと一緒がいいでしょ？　アキがいないとつまんないよね？　」
「えと……私はあの……」
「大丈夫、言わなくてもわかるよ蜷深。アキがいないと寂しいもんね。オレも寂しいもん」
　私まだなにも言ってないんだけど……。
　本人は本気で言ってるんだろうけど、そんな晴くんの冗談にも笑えないくらい、私は朝からずっと気持が落ち着かない……。
　ううん、もうここ数日。
　あの日を境に、秋十の顔をまともに見ることもできないまま、終業式の当日を迎えてしまった。

だって、今まで大嫌いって散々言ってきたのは私なのに、今更きみが好きだなんて、とても言えない……。

　そして、ひーちゃんと晴くんが帰ったあと。
　颯太と２人きりになった教室では、蝉の声がやけに大きく聞こえた。
「なぁ、ニーナ。いいのか、呑気に夏祭りなんか行って？」
「なんで……？」
「ハァ？　だって今日までだろ。大魔王との勝負はどうなったんだよ？」
「うっ」
　結局、彼氏ができなかった私の負けなんだけど……。
「……や、やだな。颯太……私の負けだって、わかってるクセに……もーっ！」
　無理に笑っていつもの調子で答える私を見て、颯太の眉が強く寄せられた。
「結果は私の負け。見ての通り、彼氏できなかったし……。あ、でも、アイツの条件は全然難しくなくて、河川敷の夏祭りに来いって、それだけで。大魔王らしくなくて、ビックリじゃない……？　もうほんとラッキーだよね……」
　河川敷の夏祭りに来いっていう条件も、私がお父さんとの思い出から逃げてきたことを知ったうえで言ってきたわけで。
「なにがラッキーなんだよ？　ニーナ、お前なに言ってんだよ？」

「だってっ、彼氏はできなかったけど、これで、安心した夏休みを過ごせるもん……」
　そこまで言い終えた直後……。
「ちょっ、颯太……っ、痛いよ！」
　突然、俯く私の頬を両手で抑える。
　抗議の声を上げても颯太は放す気がない。
「好きな気持ちまで誤魔化すのか……？」
「……っ」
　今までずっと関わらないようにしてきたのも、３年以上も無視をし続けて口をきかなかったのも私だ。
　大嫌いって……数え切れないほど浴びせてきたのも、私。
　それなのに、好きだと伝えて、もしも秋十に拒絶されたら……。
　考えるだけで怖かった。傷つけてきたのは自分なのに。
　こうやって、自分の傷にばかり敏感な私を、真っ直ぐな颯太が見逃すわけがなかった。
「ふざけんなよ……決別なんかできねぇクセに！」
「……っ」
　心臓を揺さぶられるようだった。
　険（けわ）しい表情で私を見据える颯太。
「なに誤魔化してんだよ！　ニーナの中心はいつも大魔王だろ？　今も昔も……」
　そうだよ。
　ずっとずっとそうだった。
　でも、いつの間にかこんなにも心を奪われて。

今だってアイツのことばかり浮かんでくる。
「傷つきたくないからって逃げんなよ……」
　精一杯。
　声を絞り出した颯太は髪の先まで怒っていて。
　ズキンッと、痛みが走る。
　颯太が、ズルい私の心に問いかけてくるから。
「次、そんなこと言ったら、オレはお前と友達やめるからな……！」
　"友達"……。
　ふと、颯太を見上げれば、強い意思をこめた颯太の瞳が私を見つめ返していた。
「……オレだって怖かったよ。お前のことが好きだって伝えたら、もう……前みたいに笑ってくれないんじゃねぇかって」
　良いところなんてひとつも見当たらない私。
　それでも、颯太は私を想ってくれていた。
　けど、颯太の想いを私は受け止められなくて。
「でもオレは、ニーナのそばにいるからな……友達としてお前の隣にいるって決めたんだよ！」
「颯太……っ」
　いつも隣にいてくれた。お日様みたいに温かい場所。
　解放するかのように私の頬から手を降ろすと、眉を下げて微かに笑みを見せる。
「だから、もしニーナがまた今みたいにふざけたこと言ったら……オレは許さないからな？」

「うん……」
「日和より毒吐いて、ニーナのことたくさんいじめてやるからな……！」
「え……、ひーちゃんが２人になるの!?」
「チビで貧乳で意地っ張りで寝癖ひどくて女子力ゼロで──」
「……っ、ちょっと、早速!?」
　てか、最早、ひーちゃんそっくりなんじゃ……。
「ぷっ。ニーナのこといじめんの、大魔王より実はオレの方が得意なんじゃね？」
「な、なにそれ……！」
「あ？　そうだろ？　この意地っ張りが」
　ケラケラ笑う颯太が私の鼻をつまんだ。
「い、痛い！　今、本気出したでしょ!?」
「いや、オレまだ本気出してねぇし」
　八重歯を見せる無邪気な笑顔が眩しい。
　私の大好きな、颯太の笑顔。
「悔しかったら素直になってみろよ？　ヘタレ」
　どんな時だって笑い飛ばしてくれる。
「ありがとう、颯太」
　颯太は、私の大切な友達だよ。
　ずっとこの先も変わらないから。

　うっすらと遠くの空が濃紺(のうこん)に変わろうとしてる。
　お母さんが用意してくれた浴衣を着るのに手間取っちゃった。

私が待ち合わせ場所の坂へと辿り着くと、
「遅いー！　遅刻だよ、ニーナ？　はい、チョコバナナ100本ね！」
「ひ、ひーちゃん！　それ颯太だけじゃないの!?」
　同じく浴衣姿のひーちゃんがクスクス笑う。
　美人なひーちゃんは、浴衣姿も似合ってる。
「あはは。日和のチョコバナナは、オレが買ってあげるからね」
「はっ。どうせなら100本食って腹壊せよ」
　ドゥクシッ!!!
　あーあ。せっかく晴くんが言ってくれたっていうのに。
　颯太のひと言にひーちゃんの怒りのパンチが炸裂しちゃったよ。
「あ。ねぇ……ところで、桐生くんは？」
「うーん。一応、アキにも連絡したんだけど。待ち合わせとかいいからって、先に行ってるって振られちゃったよ」
　ついこないだまでの私なら……大魔王に会わなくて済めば、そんなに嬉しいことはないって思っていたのに。
　いじめっこの秋十が脳裏に浮かんでくる。
　……秋十は、私をいじめてたけど。
　理由は、今もちゃんと見つけられないままだけど。
　どうしてかな。秋十がここにいなくて、その声が聞けなくて、私はすごく寂しい。
「大魔王なんかいなくてもいーだろ？」
　ベシッ!!

「……っ、いってぇな！　この狂暴女！　叩くんじゃねぇよ！」
「うるさいわね、このボケ！　桐生くんも一緒にって、晴が誘ったの！」
「ちょっとちょっとー！　2人とも、お祭り前に喧嘩はダメだよ？」
「あ？　滝澤、お前の幼馴染みだろーが！　そんな無表情でボケッとしてん……」
　──ガンッ！
　え……？
「ひ、ひーちゃんっ!?」
　今、さっきよりも数倍鈍い音がしたような……？
「……晴のこと悪く言わないでよ！　この単細胞！　くるくるパー！　晴の笑顔はね、チャラいアンタなんかと違うの！」
「日和、ダメだよ。下駄(げた)なんて投げたら、さすがのはーくんも痛いよ」
　げ、下駄は痛い……!!
　ハァ、ハァと顔を真っ赤にして怒るひーちゃんを、晴くんが止めている。
　本当に、ひーちゃんは晴くんが大好きなんだね。
「だから、はーくんって呼ぶなっつの！　まぁ、オレが悪かったのかもしんねぇけど……！」
　どうやら頭に直撃したらしい。
　本当に痛そうにする颯太は頭を押さえてる。

「いいよ。はーくんなら。1億歩譲って許してあげるよ。あー、やっぱ、チョコバナナも買ってくれる？」

　……晴くん、それ、ほんとに許してる？

「もー！　ひーちゃんってば。晴くんのこと大好きなのはわかるけど。さすがに下駄なんて投げたら……」

　そこまで言いかけて、声が詰まる。

　自分の顔から笑顔がひいていくのを感じた。

　大好き……？

　大好きなのと、大好きな人を困らせるなんて、全然似ていないのに……。

　なぜか……小学生の時、掃除の時間に雑巾が飛んできたことを思い出した。

「日和のそういうところ、アキそっくりだね。不器用な愛し方っていうのかな」

　……ひーちゃんと秋十が似てる？

　何気なく発した晴くんの言葉に、ひーちゃんが私に視線を投げた。

「……うん。そうかもね。わたしだから、桐生くんが意地悪する理由がわかっちゃったんだよね」

　それは、前にひーちゃんも言っていたことで。

　どこが似てるのか、私には全くわからなくて。

「ニーナ？　どうした……？」

　颯太の声がやけに遠くに聞こえる。

　ドクドク、とたちまち鼓動が暴れだす。

「……やっと、ニーナも気づいた？」

視線を交わすひーちゃんの声がどこか悲しげで。
「ひーちゃん……？」
　臨海学習の時、言っていたよね？
　──"その時が来たら、ニーナに教えてあげるよ"
「初めて気づいたのは雨の日だったかな……。ニーナの委員会が終わるのを待ってたら、偶然……見ちゃったの」
「な、何を？」
「桐生くんがニーナの傘を隠すところ」
「え？」
　お母さんが買ってくれたお気に入りの私の傘。
　朝は確かにあったのに放課後にはなくなってた。
　犯人は秋十で……。
「……でもあれは、ひーちゃんが教えてくれたんだよ？　アイツが、私の傘を隠してたって……っ！」
「うん……そうだよ。だけど、ほんとのこと、言えなかったの……」
「ほんとの、こと？」
「ニーナが戻ってきて……桐生くん、意地悪言ったでしょ？」
　そうだよ……あの時の秋十は、
　──"午後から雨なのに、傘忘れるとかバカなの？"
「ニーナが帰ったあと、さすがにわたしも怒ったよ。でもね、そしたら桐生くん……わたしに言ったんだ。"俺が富樫だったら、アイツは一緒に帰ったんだろうな"って……」
「っ」

「ビックリしちゃったよ。だってそれって、本当は一緒に帰りたかったんじゃないのかな。桐生くんの傘に、ニーナを入れてあげたかったのかなって……」
「嘘、だよ……」
　だってずっと意地悪してきたのは秋十で。
　いつも、私だけにきみは意地悪で。
　絶対君主の大魔王だったんだ。
「それに、雑巾だって投げられて……！」
「あ、それは蜷深が汚いって言われてたからだよ」
「えっ？」
　突然口を開いた晴くんに、弾かれたように顔を上げた。
「女子が陰口叩いてたんだよ。蜷深の服、いつも一緒だねって。クスクス笑ってて、楽しそうにしてたから……」
　あの頃、私はひーちゃん以外の女の子達になかなか受け入れてもらえなかった。
　陰口を叩かれていたのも知っていたけれど。
「……給食の時も、そう。自分達の食べれない物は貧乏な蜷深に分けてあげようって話してるの見て……アキ、怒ってた。すごく」
「水泳の授業の時もね、自由時間なのに、桐生くんだけずっと隣のレーンのニーナのこと見てたから。アレは応援してたんじゃないかな……って」
　息継ぎが下手だって言われた私は、もうそんなことを言われたくなくて、気にしながらひたすら練習して。
　取り残された私がみんなが楽しそうに遊んでるのを見つ

めていたら、決まって水鉄砲が飛んできた。
「なに、それ……だってそんなの……っ」
　全然、意地悪じゃないよ……。
　思わず息を呑めば、２人の笑みが曖昧に揺れた。
「アキは、不器用だからね……」
　ポツリ、と。
　溜め息混じりに零れた晴くんの声。
　きみの言う通り。
　私が見てきたきみは、本当のきみじゃなくて。
　私はちっともきみのことを知らなかった。
　意地悪は、きみの優しさで。
　精一杯、私の心を守ってくれていた。
　不器用なきみの声が、蘇る……。
　──"俺は、お前のことばっかり見てるから"
　ねぇ、やっぱり、きみはヒーローだった。
　夏祭りの会場へと行き交う人々が次第に増える。
　このまま、秋十を見失ってしまいそうだ。
　途端に不安と怖い気持ちが胸に残る。
　私はぐるんと坂道へと向いて一気に駆け出そうとした。
「ねぇ、ニーナ！　待って！　もうひとつだけ……っ、教えてあげる！」
「え？　ひーちゃん、もうひとつ……？」
　ひーちゃんが意を決したように頷けば、お花の飾りをつけたポニーテールが可愛く揺れた。
「あのね……ニーナが、堤先輩に呼び出された時、大騒ぎ

だったんだよって言ったでしょ？」
「うん……」
　確か……と、私は記憶を辿る。
　ひーちゃんが堤先輩のことをこれでもかってくらいに罵倒してて……。
　――"昨日の昼休み、すごい大騒ぎだったんだよ？"
「ほんとはアレ、嘘よ、嘘」
「…………嘘!?」
　驚く私にひーちゃんはクスクス笑ってる。
　てっきり噂を聞いたクラスメイト達が騒いでたのかなって、私はそう思ったんだけど。
「日和、大騒ぎは嘘だよね。だって、アレってもう、なんていうか……」
　晴くん……？
「焦ってた……って感じよね？」
「あ、焦ってた……？」
　訳がわからない私と颯太をよそに、２人は得意気な顔をしてみせる。
「ニーナが生徒会長の堤先輩に呼び出されて、まさか告白でもされちゃうのかなーって噂が流れてたのはほんとよ？でも、それを聞いて焦ってたのは、桐生くんだもん」
　え……？
「どこに行ったかわたしに聞いてきて、桐生くんってば、血相変えてスパーって、飛び出しちゃうんだもんっ！」
　高鳴る胸が早鐘を打つ。

ああ……そんなことって、あるのかな。
──今すぐ、きみに逢いたい。

もう、いてもたってもいられずに私はその場から走り出した。
きみが、私を見つけてくれた場所へ。
夏の青い空が紫色に染まっていくのを見ながら、秋十のことを想った。
きみは、願ってもないのに突然、現れて。
救世主だなんて自分で言うから、私は心底呆れて、大魔王って叫んだんだ。
──"じゃあ、俺も告白しにきたって言ったらどうする?"
だけど「なーんてな?」って、すぐにいつもの口癖でかわされて。
それでも、きみは。
──"俺がなってやろうか？　お前の彼氏"
冗談じゃないって、わたしは全力否定して。
──"……そんなに俺が嫌いかよ?"
あの自信たっぷりなきみが、躊躇っていた。
──"堤みたいなヤツから、お前のこと守ってやるくらいできるよ?"
大嫌いなきみが真剣に伝えてくれた。
坂道を一気に駆け上がると河川敷がハッキリと見渡せて、心臓が壊れそうなほど苦しくて。

「……っ」
　きみを探す私は、息もできないくらい、苦しくて。
　降り積もった思い出が私の中で蘇った。
　大嫌いなきみと決別したかったのは私自身。
　――"4年以上、目も合わせなかったクセに"
　その黒い瞳から逃げてきたのも、私だった。
　――"なんで今、お前の声聞かせてくれんの？"
　その声を、聞きたくなくてずっと無視してきた。
　――"……俺はずっとお前と話したかったよ"
　きみの優しさに気づくこともできなかった私は。
"アンタなんて大嫌い！"
　何度、そう言ったかな？
　何度、傷つけたかな。
　何度、傷ついたかな。
　それでもきみは、絶対諦めてくれなくて。
　――"お前の声が聞けるなら"
　きみは、いつだって真っ直ぐで。
　私は、今……どうしようもなく。

きみの声が聞きたくて仕方ない

――きみの声が聞きたくて仕方ない

　夏祭りが始まっている河川敷に足を踏み入れる。
　もう、熱気なのか暑さなのかわからない。
「痛ぁ……」
　下駄で走ったせいで足の指を擦りむいた。
　ヒリヒリして、赤く滲んでる。
　でも、今はそんなこと気にしてる場合じゃない。
　薄暗くなった辺りに並んだ提灯が揺れた。
　たくさんの屋台には結構行列なんかもできていて、少しでも気を抜けば、陽気に騒ぐごった返した人ごみに呑まれそうになる。
　秋十は、どこにいるの……？
　すれ違う人の中できみを探しても、どこにも見つけられない。
　きみの声も、聞こえない。
　そんな不安と衝動が沸き上がり、再び足を動かした。
　……と、その時。
「うわぁん……っ、怖いよー！　ママー！」
　へっ……？
　背後から聞こえた大きな泣き声に振り返る。
　な、なに……？

夏祭りの会場のど真ん中。
　押し寄せる人波もピタリと引いて、誰もが目を奪われた。
「降ろしてよ……こ、怖いよぉ……!!」
　私は見上げた。
　ここにいる人はみんな、夜の空に抱き上げられた男の子を見ている。
　その男の子が私よりも高い場所で泣いてる。
「おい、もっとでっかい声で呼ばないと、お前の母ちゃんに見つけてもらえないぞ？」
　ぐーんと空に押し上げるように男の子を抱き上げてる、きみの姿。
　きみは、そうやって不器用だったよね。
　——ドキンッ。
　私の瞳はきみに奪われる。
　きみの声が、私には聞こえたよ。
　きっとどこにいたって、こんな人混みの中でも、好きな人の声に反応しちゃうんだ。
　騒然とする辺りにさらに大きな泣き声が響いた。
「っ、うゎん、ママぁ……!!!!」
「た、たっくん…………!?　あぁっ、もう！　ごめんね、たっくん！」
　人の群れを掻き分けて現れたのは、血相を変えた女の人。
　男の子のお母さんかな。
　あわてふためいて飛んできたお母さんは、男の子の元へと猛(もう)ダッシュ。

すとん、と……。
　空中にいた男の子はゆっくりと降ろされて、お母さんに抱き締められる。
「見つけてもらえてよかったな？」
　優しい声に胸が張り裂けそうになった。
「ありがとうございますっ！　本当に、ありがとうございます……！」
　よしよし、と男の子の頭を撫でる秋十。
　きみは。
　やっぱり、どこまでも、不器用なヒーローだ。
　男の子とお母さんが手を繋いで歩き出す。
　その後ろ姿を見送った秋十は、踵を返すと河川敷を抜けていく。
　追いかけなきゃ……。
　今、追いかけなきゃ……
　秋十は、もう二度と振り返ってくれないかもしれない。
　もう、きみの声が聞けないかもしれない。
　弾かれたようにこの場から足を動かしても、再び押し寄せる人の波に視界が塞がれて。
　あっという間に、秋十の姿が見えなくなる。
「秋十……！」
　こんな小さな声じゃ届かない。
　無我夢中で走っても、ボロボロの足じゃ全然追い付けなくて。
　下駄なんて、もういらない。

脱ぎ捨てて走ると、もうずっと先に秋十が行ってしまったあとだった。
　子供の頃。
　私に声をかけてきた秋十はどんな思いだったかな。
　"大嫌い"……って言われても。
　いつも私に声をかけてきたよね。
　だから、今度は私が。
「秋十……！」
　何度だって、きみの名前を呼ぶよ。
　お願いだから……行かないで……。
　お祭り騒ぎの河川敷を抜けると、人波もほとんど消えていて、嘘みたいに静かだった。
　息を切らして、やっと、後ろ姿に追いついた。
「秋十……！」
「……っ」
　チョコレート色の髪が濃紺に染まって見える。
　熱帯夜の風にサラリと揺れて。
　足を止めた秋十がゆっくりと振り返る。
「秋十……っ」
　まだ遠いけれど。
　でも、お願い……私に。私の声に気づいて……。
「秋十……!!」
　その横顔がこっちへと向く、寸前。
　──ドーンッ!!!
　見計らったかのように夜空に咲いた花火。

私の声を掻き消すには十分で。
　そっか……。
　今年は花火が打ち上げられるって言っていたっけ。
　河川敷からは歓声が沸き上がっている。
　もう、届かない……。
　それってこんなに苦しいことなんだね。
　鼻の奥がツンと痛くて、足元を見つめる視界が、瞬く間に滲み出した。
　もう、秋十の姿さえ見えなくて俯いた。
　そこにいるのかさえ、もうわからない。
　次々と打ち上がる夜空を彩る花火。
　その大きな音だけが耳に届いて胸が痛い。
　夜風に流れてきた煙が辺りをぼんやりと白く染めて、視界が悪い。
　息をするのも苦しくて、立っているのも精一杯。
　堪らなく、きみの声が聞きたい。
　私は、もう一度だけでもいいから。

「──見つけた」

　──きみの声が聞きたくて仕方ない。

　頭上から降ってきた声に、弾けるように顔を上げる。
　白い煙がゆらゆら揺れて、ようやく視界が鮮明になる。
「やっぱり」

……と。
　　溜め息混じりに声を落とした秋十がいる。
「えっ、あ、秋十……？」
　　私は都合のいい夢でも見てるのかな。
　　だって、私の目の前には秋十がいるんだもん。
「ひどい顔。それに、なんで裸足？」
　　クスッと笑う秋十に思わず瞬きも忘れてしまう。
　　なんで、秋十がいるの……？
　　私の声なんて聞こえてなかったはずなのに。
　　途端に喉の奥が熱くなって泣きそうになる。
「お前の声が聞こえたから」
「え……？」
　　私を視界に映す秋十の瞳がふわりと緩む。
「だから言ったろ？　俺は、いつもお前の声に反応してるって」
「……っ」
　　そっと伸びてきた手が私の頬に添えられて。
　　その体温を感じた私の胸はキュッと音をたてる。
　　……言葉が、声が、ただ嬉しくて。
「私……っ、秋十のこと、大魔王って言ってたんだよ？　だけど、違うじゃん……」
　　突然、私が口を開くと秋十は視線を逸らした。
「ねぇ。私のこと、守ってくれてたの……？」
「……」
「私にムカついて……それでも、なんで守ってくれてた

の?」
　——その不器用な優しさで。
　怒ってもいいのに。
　その優しさに気づけなかった私に、もっと怒ったっていいのに。
　どうして……。
「……守り方なんて知らねぇよ。でも、お前に傷ついてほしくなかったんだよ」
　ゆっくりと流れるように私に視線を向けた秋十は、驚く私の頬を撫でる。
「正しくなんかないってわかってた。けど……お前の傷つく顔見るくらいなら、嫌われた方がずっといい」
「……っ」
　あの頃。
　傷つきたくないから、私はどんな時も黙ったままで。
　そうやって逃げ道を作って。
　お父さんのことだってそう。
　思い出さないように、苦しくならないように。
　いつも、自分の心を誤魔化してきた。
　それが私の心を守る方法だと思ってた。
　けど、秋十が、私の心を守ってくれていた。
「でも、文集破いたのはほんとにムカついてやったんだけどな?」
「えっ?」
　私の書いた文集を破かれたことがあった。

どんな内容だったのかは今でも覚えてる。
　テーマは、"わたしの家族"……。
「だってお前、先生のことひとつも書いてなかっただろ？」
「あ……」
「先生のこと、なんて書いてんのかなって期待してたのに。それなのにお前は、俺には関係ない……って言って、怒って帰るし？」
　秋十はわざと意地悪な顔をしてみせる。
　そういえば、そんなこと……言った記憶が……。
「私ね……もっと、お父さんのことを話したい。お母さんと、秋十とも……」
　真っ直ぐに見上げれば。
　私から目を逸らさない秋十の真剣な瞳が揺れた。
「……私が、思い出さないと、お父さんいじけちゃうもん。空の上から、雷落とすかもしれない」
　豪快に笑うお父さんの顔を思い出す。
　私の大好きな笑顔……。
「だから……っ、もう、思い出から逃げないよ」
　ようやく声にして伝えれば、花火が咲いた夜空を背負う秋十の表情が、みるみるうちにぼやけて見える。
　喉から何か込み上げてきて、瞳の奥が熱くなる。
　私の声、秋十には届いたかな……。
「バカ……」
　絞り出すように秋十が呟いたと同時。
　私の頭の後ろに回る手。

そっと、秋十の胸の中に抱き寄せられる。
「強がってないで、俺の前ではそうやって素直に泣けばいいんだよ……意地っ張り」
「っ」
　その言葉を合図に、私の瞳からは、堰を切ったように涙が溢れ落ちる。
　口から漏れる嗚咽を抑えきれずに、私は秋十の胸に顔を埋めた。
「強がって下向いてるお前より、泣いてくれた方が俺はずっといい……こうやって、お前のこと……受け止めてやれるんだからな」
　いつもの爽やかなシャンプーの香りはしなくて、打ち上がる花火のせいで煙が鼻を刺す。
　だけど、なんだかそれが嬉しくて。
　秋十とふたりで……。
　この河川敷にいられることが私は嬉しい。
「俺はずっとお前のこと待ってた」
「待ってた……？」
　トクン……トクン……と。
　秋十の胸の内側から聞こえてくる鼓動の音。
　私の鼓動も反響したみたいに音を奏でる。
「お前、ちっとも笑ってくれないから」
「えっ？」
　不機嫌そうな声に胸の中から顔を上げた。
「笑ってほしくて、お前のこと追いかけてた。気づいたら

お前に夢中になって……お前しか見えない俺がいて」
　ずっとずっと、秋十は私を見てくれていた……。
　そんなこと言うなんて、ズルいよ。
　なのに、私は秋十に笑いかけたことなんてなかったんじゃないかな。
「仁菜、ちゃんと顔見せて？」
　私の涙をすっと親指で拭ってくれる。
　私を映す黒い瞳が優しく緩んだ。
　秋十の微笑みを見つめていたら、私まで自然と笑顔になれる。
「笑った顔、先生に似てるな……」
　大好きなお父さんの笑顔に。
「ごめんね……秋十。私、ずっと大嫌いなんて言って……ずっと」
　傷つけてしまってばかりだったよね。
「もう、数えきれないくらい……言ってきた。ほんとに、ごめ――」
　くしゃり、と。
　私の髪に触れる秋十はちっとも怒ってなくて。
　だけど、目を細めるその顔は少し意地悪で。
「その大嫌いって言葉、この先は全部好きに変えてやる」
「えっ……？」
「だから、覚悟してて？」
　首を傾けて口角を上げると笑みを零した。
　やっぱり、その顔はちょっぴり大魔王だよ。

「……うん。覚悟なら、できてるよ？」
　もう、とっくにできてるから。
　私が秋十にそう言えば。
「だから、可愛い顔すんなって。お前のクセに」
　ほんのりと頬が赤く染まる。
　その横顔を見ているだけで胸が焦げそうになる。
「花火、もうこれが最後じゃん」
　最後の花火が打ち上がるアナウンスが流れた。
　夜空を見上げる秋十の表情を一心に見つめる私。
「秋十が……好き……」
　花火が打ち上がったと同時、私は呟いた。
　堪らなく、好きだって伝えたくなって。
　とても自然に声になった。
「今のは反則なんじゃないの？」
「へ……っ？」
　突然、夜空から私に視線を向ける。
　まさか、今の聞こえてた……!?
「もう１回、聞かせて？」
「な……！　やだよっ……」
　秋十は私の目線に合わせるようにかがむと、顔を覗き込んでくる。
　──ドキッ。
　そのイタズラな瞳は、私を逃がしてくれそうにない。
「だから、私は……」
「うん」

「秋十のことが、好……」
　決死の告白は、最後まで言わせてもらえなかった。
　秋十の溶けるようなキスが降ってきたから。
「……っ、な、な、今……っ、せっかく、私が！」
「悪い。でも、我慢できなかった……」
　ドキッ、と。
　まだ唇が触れそうな距離に秋十がいる。
　心臓がおかしくなっちゃうくらいに加速する。
「仁菜のことが好きすぎて」
「……っ」
　真っ直ぐに。
　秋十の気持ちが伝わってきて、私の心をさらに奪っていく。
「お前、ズルいよ。俺にだけ言わせるつもり？」
「な……っ！　だって言おうとしたのに、秋十が……」
「じゃあ、もう１回聞かせて？」
「聞こえてたクセに……も、もう言わないったら！」
「やだ。聞かせてよ？」
　期待を含んだ瞳で私を見つめる秋十から、顔を背けて逃げようとする。
「な、なんで……？」
　もう１回なんて、恥ずかしすぎるよ。
　秋十は、ズルい。
　そうやって、私の心を秋十でいっぱいにするから。
「だから、俺は――」

秋十は私の耳元にそっと唇を寄せて囁いた。
「お前の声が聞きたくて、仕方ないんだよ」
　ちょっぴり甘くて優しい声に胸が、キュンと高鳴った。
　こうやって私はまたひとつ、きみを好きになる。
　私は、この先もずっと、きみだけに恋してる。

＊Fin＊

あとがき

はじめまして。こんにちは。言ノ葉リンと申します。
この度は「強引なイケメンに、なぜか独り占めされています。」を、お手にとってくださりありがとうございます。

仁菜と秋十の不器用な恋物語は、私の思い出から生まれました。
小学校の同級生にいじめっ子がいて、私だけ集中的に意地悪されていたのですが、その彼が一度助けてくれたことがありました。大人になり偶然再会した彼はとても優しい笑顔を見せてくれて、本当の彼はもしかしたら優しい心を持っている人なのかなと思うことが出来ました。
そうやって、苦い思い出も、いつかは温かい思い出に変わっていくのだと思います。

読んで下さった皆様の心がほんの少しでも温かくなるような、そんな物語をこれからもお届け出来たら嬉しいです。

この度、素敵なカバーイラストを描いて下さり、作品に彩りを与えて頂いた月居ちよこ様。
宝物がまたひとつ増えました。ありがとうございます。
感動と感謝の思いでいっぱいです！

たくさんの方のお力を借りて、支えて頂き、こんなに素晴らしい作品が完成しました。
　改めて、たくさんの方の力に支えられているのだと思いました。

　読者の皆様。
　作品を読んでくださる方がいる。それはとても奇跡のようなことだと思います。
　私にとってこんなに嬉しいことはありません。
　これからまた、楽しんでもらえるような作品を書いていきたいです。
　最後まで読んでくださって、ありがとうございました。

　ありったけの感謝と愛をこめて。

　　　　　　　　　　　　　　　2019年11月25日　言ノ葉リン

作・言ノ葉リン（ことのは　りん）

ハワイに行きたい北海道出身の女子。好きな食べ物は母の作ったスイーツ。特にケーキ。趣味は読書とライブへ行くこと。今後の目標はたくさん物語を書くこと。『好きなんだからしょうがないだろ？』で書籍化デビュー。現在は、ケータイ小説サイト「野いちご」にて執筆活動中。

絵・月居ちよこ（つきおり　ちよこ）

寝ること、食べることが大好きなフリーのイラストレーター。主にデジタルイラストを描いており、キャラクターデザインやCDジャケットの装画など、幅広く活動している。

ファンレターのあて先

♥

〒104-0031

東京都中央区京橋1-3-1

八重洲口大栄ビル7F

スターツ出版（株）書籍編集部　気付

言ノ葉リン先生

この物語はフィクションです。
実在の人物、団体等とは一切関係がありません。

強引なイケメンに、なぜか独り占めされています。
2019年11月25日 初版第1刷発行

著　者　言ノ葉リン
　　　　©Rin Kotonoha 2019

発 行 人　菊地修一

デザイン　カバー　粟村佳苗（ナルティス）
　　　　　フォーマット　黒門ビリー＆フラミンゴスタジオ

Ｄ Ｔ Ｐ　久保田祐子

編　集　本間理央

発 行 所　スターツ出版株式会社
　　　　　〒104-0031 東京都中央区京橋1-3-1　八重洲口大栄ビル7F
　　　　　出版マーケティンググループ　TEL03-6202-0386
　　　　　（ご注文等に関するお問い合わせ）
　　　　　https://starts-pub.jp/

印 刷 所　共同印刷株式会社
　　　　　Printed in Japan

乱丁・落丁などの不良品はお取替えいたします。上記出版マーケティンググループまでお問い合わせください。
本書を無断で複写することは、著作権法により禁じられています。
定価はカバーに記載されています。

ISBN　978-4-8137-0799-8　C0193

読むたび何度でも恋をする…全力恋宣言！
毎月25日はケータイ小説文庫の日♥

心に沁みるピュアラブやキラキラの青春小説、
「野いちご」ならではの胸キュン小説など、注目作が続々登場！

ケータイ小説文庫　2019年11月発売

『イケメン不良くんはお嬢様を溺愛中。』涙鳴・著

由緒ある政治家一家に生まれ、狙われることの多い愛菜のボディーガードとなったのは、恐れを知らないイケメンの剣斗。24時間生活を共にし、危機を乗り越えるうちに惹かれあう二人。想いを交わして恋人同士となっても新たな危険が…。サスペンスフル＆ハートフルなドキドキが止まらない！

ISBN978-4-8137-0798-1
定価：本体590円+税　　　　　　　　　　　ピンクレーベル

『強引なイケメンに、なぜか独り占めされています。』言ノ葉リン・著

高2の仁菜には天敵がいる。顔だけは極上にかっこいいけれど、仁菜にだけ意地悪なクラスメイト・桐生秋十だ。「君だけは好きにならない」そう思っていたのに、いつもピンチを助けてくれるのはなぜか秋十で…？　じれ甘なピュアラブ♡

ISBN978-4-8137-0799-8
定価：本体560円+税　　　　　　　　　　　ピンクレーベル

『クールな優等生の甘いイジワルから逃げられません！』柊乃・著

はのんは、優等生な中島くんのヒミツの場面に出くわした。すると彼は口止めのため、席替えでわざと隣に来て、何かと構ってくるという…。面倒がっていたけど、体調を気づかってもらったり、不良から守ってもらったりするうちに、段々と彼の本当の気持ち、そして自分の想いに気づいて……？

ISBN978-4-8137-0797-4
定価：本体590円+税　　　　　　　　　　　ピンクレーベル

読むたび何度でも恋をする…全力恋宣言！
毎月25日はケータイ小説文庫の日♥

心に沁みるピュアラブやキラキラの青春小説、
「野いちご」ならではの胸キュン小説など、注目作が続々登場！

ケータイ小説文庫　2019年10月発売

『溺愛総長様のお気に入り。』ゆいっと・著

高2の愛莉は男嫌いの美少女。だけど、入学した女子高は不良男子校と合併し、学校を仕切る暴走族の総長・煌に告白＆溺愛されるように。やがて、愛莉は煌に心を開きはじめるけど、彼の秘密を知りショックを受ける。愛莉の男嫌いは直るの！？　イケメン総長の溺愛っぷりにドキドキが止まらない！

ISBN978-4-8137-0778-3
定価：本体590円＋税

ピンクレーベル

『甘やかし王子様が離してくれません。』花菱ありす・著

ましろは、恋愛未経験で天然な高校生。ある日、学校一イケメンの先輩・唯衣に落とした教科書を拾ってもらう。それをきっかけに距離が近づくふたり。ましろのことを気に入った唯衣はましろを特別扱いして、優しい唯衣にましろも惹かれていくけれど、そんな時、元カノの存在が明らかになって…？

ISBN978-4-8137-0779-0
定価：本体570円＋税

ピンクレーベル

『無気力なキミの独占欲が甘々すぎる。』みゅーな**・著

ほぼ帰ってこない両親を持ち、寂しさを感じる高2の冬花は、同じような気持ちを抱えた夏向と出会う。急速に接近する2人だったが、じつは夏向は超モテ男。「冬花だけが特別」と言いつつ、他の子にいい顔をする夏向に、冬花は振り回されてしまう。でも、じつは夏向も冬花のことを想っていて…？

ISBN978-4-8137-0780-6
定価：本体570円＋税

ピンクレーベル

読むたび何度でも恋をする…全力恋宣言！
毎月25日はケータイ小説文庫の日♥

心に沁みるピュアラブやキラキラの青春小説、
「野いちご」ならではの胸キュン小説など、注目作が続々登場！

ケータイ小説文庫　2019年9月発売

『イケメン同級生は、地味子ちゃんを独占したい。』 *あいら*・著

高2の桜は男性が苦手。本当は美少女なのに、眼鏡と前髪で顔を隠しているので、「地味子」と呼ばれている。ある日、母親の再婚で、相手の連れ子の三兄弟と、同居することに！　長男と三男は冷たいけど、完全無欠イケメンである次男・万里はいつも助けてくれて…。大人気"溺愛120%"シリーズ最終巻！

ISBN978-4-8137-0763-9
定価：本体590円+税

ピンクレーベル

『クールなヤンキーくんの溺愛が止まりません！』 雨乃めこ・著

高2の姫野沙良は内気で人と話すのが苦手。ある日、学校一の不良でイケメン銀髪ヤンキーの南夏(なつ)に「姫野さんのこと、好きだから」と告白されて…。普段はクールな彼がふたりきりの時は別人のように激甘に！「好きって…言ってよ」なんて、独占欲丸出しの甘い言葉に沙良はドキドキ♡

ISBN978-4-8137-0762-2
定価：本体590円+税

ピンクレーベル

『幼なじみの溺愛が危険すぎる。』 碧井こなつ・著

しっかり者で実は美少女のり花は、同い年でお隣さんの玲音のお世話係をしている。イケメンなのに甘えたがりな玲音に呆れながらもほっとけないのり花だったが、ある日突然『本気で俺が小さい頃のままだとでも思ってたの？』と迫られて……!?　スーパーキュートな幼なじみラブ！

ISBN978-4-8137-0761-5
定価：本体590円+税

ピンクレーベル

ケータイ小説文庫　2019年8月発売

『至上最強の総長は私を愛しすぎている。③』ゆいっと・著

事件に巻き込まれ傷を負った優月は、病院のベッドで目を覚ます。試練を乗り越えながら最強暴走族『灰雅』総長・凌牙との絆を確かめ合っていくけれど、衝撃の真実が次々と優月を襲って…。書き下ろし番外編も収録の最終巻は、怒涛の展開とドキドキの連続！PV 1億超の人気作がついに完結。

ISBN978-4-8137-0743-1
定価:本体580円+税

ピンクレーベル

『新装版　やばい、可愛すぎ。』ちせ・著

男性恐怖症のゆゆりは、母親と弟の三人暮らし。そこに学校イチのモテ男、皐月が居候としてやってきた！　不器用だけど本当は優しくけなげなゆゆりに惹かれる皐月。一方ゆゆりは、苦手ながらも皐月の寂しそうな様子が気になる。ゆゆりと同じクラスの水瀬が、委員会を口実にゆゆりに近付いてきて…。

ISBN978-4-8137-0745-5
定価:本体590円+税

ピンクレーベル

『モテすぎる先輩の溺甘♡注意報』ぼにぃ・著

高1の桃は、2つ年上の幼なじみで、初恋の人でもある陽と再会する。学校一モテる陽・通称"ひーくん"は、久しぶりに会った桃に急にキスをしてくる。最初はからかってるみたいだったけど、本当は桃のことを特別に想っていて……？　イジワルなのに優しく甘い学校の王子様と甘々ラブ♡

ISBN978-4-8137-0744-8
定価:本体590円+税

ピンクレーベル

『何度記憶をなくしても、きみに好きと伝えるよ』湊祥・著

高1の桜は人付き合いが苦手。だけど、クラスになじめるように助けてくれる人気者の悠に惹かれていく。実は前から桜が好きだったという悠と両想いになり、幸せいっぱいの桜。でもある日突然、悠が記憶を失ってしまい…!?　辛い運命を乗り越える二人の姿に勇気がもらえる、感動の青春恋愛小説！！

ISBN978-4-8137-0746-2
定価:本体590円+税

ブルーレーベル

読むたび何度でも恋をする…全力恋宣言！
毎月25日はケータイ小説文庫の日♥

心に沁みるピュアラブやキラキラの青春小説、
「野いちご」ならではの胸キュン小説など、注目作が続々登場！

ケータイ小説文庫　2019年12月発売

『ケータイ小説文庫10周年記念アンソロジー(仮)』

人気者の同級生と1日限定でカップルのフリをしたり、友達だと思っていた幼なじみに独占欲全開で迫られたり、完全無欠の生徒会長に溺愛されたり…。イケメンとのお話にドキドキ！青山そらら、SELEN、ばにぃ、みゅーな**、天瀬ふゆ、善生茉由佳、Chaco、十和、*あいら*、9名の人気作家による短編集。
ISBN978-4-8137-0816-2
予価：本体500円+税

ピンクレーベル

『ツンデレ王子と、溺愛同居してみたら。』SEA・著

学校の寮で暮らす高2の真心。部屋替えの日に自分の部屋に行くと、なぜか男子がいて…。でも、学校からは部屋替えはできないと言われる。同部屋の有村くんはクールでイケメンだけど、女嫌いな有名人。でも、優しくて激甘なところもあって!?　そんな有村くんの意外なギャップに胸キュン必至！
ISBN978-4-8137-0817-9
予価：本体500円+税

ピンクレーベル

『可愛がりたい溺愛したい。』みゅーな**・著

美少女なのに地味な格好をして過ごす高2の帆乃。幼なじみのイケメン依生に「帆乃以外の女の子なんて眼中にない」と溺愛されているけれど、いまだ恋人未満の微妙な関係。それが突然、依生と1ヵ月間、二人きりで暮らすことに！　独占欲全開で距離をつめてくる彼に、ドキドキさせられっぱなし!?
ISBN978-4-8137-0818-6
予価：本体500円+税

ピンクレーベル

書店店頭にご希望の本がない場合は、
書店にてご注文いただけます。